AF366287

GYP

Le Cœur d'Ariane

Calmann-Lévy, Editeurs

LE CŒUR D'ARIANE

Paris — Imp. L. Pochy, 52, rue du Château — 33-15

GYP

Le Cœur d'Ariane

ILLUSTRATIONS

DE

LOUIS STRIMPL

PARIS

CALMANN-LÉVY, ÉDITEURS

3, RUE AUBER, 3

I

ASPIRATIONS

Dans la **chambre de** Brigitte de Tremble.

Chambre Louis XVI. Bois laqué blanc. Tentures de vieille soie gris perle à guirlandes de ros.s. On regarde le trousseau. Brigitte se marie dans deux jours.

JACQUELINE DE NYMBE, *dix-huit ans, blonde, les yeux gris, très jolie.* — Ah ! tu as bien raison, va!... de n'avoir pas fait faire du linge de soie...

BRIGITTE DE TREMBLE, *vingt ans, brune, vive, éveillée, gentille sans être jolie.* — C'est maman qui n'a pas voulu...

SIMONE DE FRYLEUSE, *seize ans, le nez en l'air, les yeux rieurs, la bouche retroussée des coins, des cheveux roux frisés, drôle comme tout.* — C'que j'voudrais m'marier, moi !...

BRIGITTE, *étonnée.* — Déjà?...

SIMONE, *farfouillant dans les piles de mouchoirs, les dentelles, etc., etc.* — Oui... pour avoir des tas de jolies choses !... maman veut que j'sois simple... *(Confidentiellement.)* croiriez-vous que j'n'ai pas une dentelle à mes chemises?...

ARIANE DE MONTESPAN, *vingt-deux*

ans. Superbement belle. Grande, les yeux verts, les cheveux et les cils noirs, le teint rosé. Taille splendide. Très intelligente. Voix d'or. Costume de drap loutre extra-ordinairement simple, presque monacal, mais élégant de coupe. — Moi non plus !...

SIMONE, BRIGITTE ET JACQUELINE,

surprises. — Tiens !!... pourquoi ça?...

SIMONE. — Moi, ça s'comprend... maman fait tout faire pour moi... je n'commande encore rien moi-même... mais toi?... Tu peux faire comme tu veux... tu commandes, toi?...

ARIANE, *souriant.* — Eh bien, je commande sans dentelles, voilà tout !...

SIMONE. — C'est vrai, tu es si raisonnable !... (*Recommençant à tripoter les*

objets du trousseau.) est-ce assez joli... assez chic?... (*A Ariane.*) alors, quand tu vois tout ça... ça n'te donne **pas** envie de t'marier?...

ARIANE. — Pas du tout !...

SIMONE, *avec conviction.* — C'est épatant !...

ARIANE. — Si je me mariais... ce ne serait pas le désir de posséder de jolis chiffons qui me déciderait...

JACQUELINE. — Je ne dis pas que ces choses-là décident... mais enfin, voyons... tu avoueras bien qu'elles... influencent ?...

ARIANE. — Pas en ce qui me concerne...

JACQUELINE. — C'est vrai!... j'oublie toujours que tu es un ange...

ARIANE. — Je ne suis pas du tout un ange...

BRIGITTE. — Si !... tout le monde le dit dans ta famille...

SIMONE. — Et ailleurs aussi!... (*Ariane hausse les épaules en riant.*)

JACQUELINE. — Ariane?... elle a tous les talents et toutes les vertus...

ARIANE. — Allez ! Allez !... moquez-vous bien de moi...

BRIGITTE. — Nous moquer?... Ah ! grand Dieu !... avec ça que ta mère ne répète pas à tout le monde que sans toi elle ne vivrait pas... Oui, il paraît que c'est toi qui t'occupes de tes frères et sœurs... Tu mouches les petits... tu instruis les grands...

SIMONE, *avec admiration.* — Tu es bachelier !... Et, malgré ça, tu veux bien surveiller la lessive...

JACQUELINE. — Et tu sais aussi bien commander le dîner et tenir les comptes de la maison, que tu sais valser, monter à cheval, nager, faire des armes, chanter, peindre, sculpter, ou jouer la comédie...

SIMONE. — Ah !... celui qui t'épousera sera bien heureux !...

ARIANE, *d'une voix douce, souriant.* — Peut-être?... mais, en tout cas, il n'est pas pressé de l'être...

BRIGITTE. — Tu es tellement difficile !... tu refuses les plus beaux mariages...

ARIANE. — Oh !... les plus beaux !...

BRIGITTE. — Dame... l'autre jour encore, le comte de Provence avait chargé papa de tâter le terrain... Il est très riche, monsieur de Provence !... au moins cent cinquante mille livres de rente...

ARIANE. — C'est beaucoup trop pour moi... Et puis, il ne me plaît pas... il est vieux !...

SIMONE. — Vieux?... il a quarante-cinq ans !... juste c' qu'a papa... et moi j'épouserais très bien quelqu'un comme papa...

JACQUELINE. — Et puis... si tu exiges qu'un monsieur qui a cent cinquante mille francs de rente soit encore jeune et beau par-dessus le marché?...

ARIANE. — Je veux, avant tout, aimer celui que j'épouserai...

SIMONE. — T'es ambitieuse !...

BRIGITTE. — Moi, je trouve qu'Ariane a raison... si je n'aimais pas monsieur de Cabour, je ne l'épouserais certainement pas...

JACQUELINE. — Il est charmant, monsieur de Cabour... et tout jeune...

BRIGITTE. — Il a trente ans et il n'est pas beau, beau, beau... mais il est bien... Je ne tiens pas à la beauté... mais je sens que s'il m'avait fallu épouser un monsieur... comme mon cousin de Bruges, par exemple... je n'en aurais jamais eu le courage...

ARIANE, *d'un air indifférent.* — Ah !...

SIMONE, *curieusement.* — Il est donc bien vilain, ton cousin d'Bruges?...

BRIGITTE. — Ah ! je t'en réponds !... et gauche... et vulgaire... et sournois... et ennuyeux... et sauvage...

SIMONE, *riant.* — Il a tout pour lui !...

BRIGITTE. — Son seul bon côté, c'est qu'il sera duc à la mort de mon oncle... et qu'il a, dans ce moment-ci, plus de trois cent mille livres de rente...

ARIANE, *doucement.* — Et plus tard?...

BRIGITTE. — Plus tard, il en aura au moins huit cents... sans parler de la fortune de ma tante d'Ancoche, qui lui laissera probablement tout... à cause du nom...

JACQUELINE. — Sais-tu que je l'épouserais bien, moi, ton cousin?...

BRIGITTE. — Jamais !... tu dis ça parce que tu ne l'as pas vu !... C'est un vrai ours... il ne quitte la campagne qu'une fois par mois... pour venir voir mon oncle qui est aux trois quarts paralysé... et qui ne peut plus sortir de son hôtel des Champs-Élysées...

JACQUELINE, *riant.* — Tout de même, cet ours m'intéresse !...

SIMONE. — C'est pas comme Ariane, alors !... Regardez-la?... elle ne pense guère à écouter les sottises que nous disons, allez !...

ARIANE, *le regard perdu, la bouche entr'ouverte.* — . . . .

BRIGITTE, *la secouant doucement.* — Allons, bon !... voilà que tu rêves encore !...

ARIANE, *souriant*. — C'est vrai !... Que voulez-vous ?... je remplace la **réalité** par le rêve...

BRIGITTE. — En attendant le jour prochain où tu remplaceras le rêve par la réalité... Moi aussi, j'ai rêvé souvent en attendant mieux...

ARIANE LE REGARD PERDU

ARIANE. — Oui... mais toi, tu as une grosse dot... Moi, j'ai trois cent mille francs...

JACQUELINE. — Le fait est que trois cent mille francs... et vouloir aimer celui qu'on épousera...

SIMONE. — C'est pas des conditions pour se marier facilement, ça !...

ARIANE, *fermant à moitié ses beaux yeux de sphinx*. — N'est-ce pas ?... Aussi je ne me marierai jamais...

JACQUELINE. — Je t'assure pourtant

que je vois des femmes qui sont très heureuses sans aimer leurs maris... (*Mouvement d'Ariane.*) Mais oui... on aime le monde... on a de jolis enfants... de belles toilettes...

ARIANE. — Pour moi, rien ne remplacerait l'amour...

SIMONE. — T'es sentimentale, toi !...

ARIANE, *riant*. — Oui... et surtout je ne tiens pas du tout à l'argent... Je n'ai aucune fantaisie... Bien que vivant dans un luxe relatif, je me suis accoutumée à une grande simplicité... Nous sommes si nombreux que mes parents ne peuvent donner à chacun que des dots modestes... et avec une dot modeste, on reste vieille fille quand on ne fait pas des sacrifices... que je ne ferai certainement pas...

SIMONE, *tristement*. — Pauv' Ariane, va !...

ARIANE. — Ne me plains pas !... je ne suis pas à plaindre... je me trouve heureuse ainsi... D'ailleurs, je ne dois pas me marier... Je suis utile, presque nécessaire à la maison...

SIMONE. — Pourtant, si tu aimais quelqu'un ?...

ARIANE. — Si j'aimais quelqu'un... et que ce quelqu'un voulût de moi... je l'épouserais...

SIMONE. — Eh bien, moi, j'sais que'qu'chose !... (*Confidentiellement.*) j'sais que Paul de Trène va te demander...

paraît que tu lui as tourné la tête...
comme à tout l'monde, du reste, cet
été, chez mes cousins d'Horty...

JACQUELINE. — Il est charmant...
mais il n'a que cinquante mille francs de
rente et c'est tout ce qu'il aura...

ARIANE, *froidement*. — Monsieur de
Trène ne me plaît pas... et puis, je suis
très résignée à mon rôle de Cendrillon...
je serai heureuse de voir votre bonheur
et celui des miens... ça me suffira...

SIMONE. — Ben, t'es vraiment pas
difficile à contenter, toi !...

ARIANE. — Maman a besoin de moi...
comme le disait fort bien Brigitte tout à
à l'heure... ça la fatiguerait de s'occuper elle-même de la maison et des petits...

SIMONE. — Alors, c'est toi qui fais
tout?...

ARIANE, *faiblement*. — Pas absolument
tout...

JACQUELINE. — Si, tout !... J'entends
dire à maman que madame de Montespan
ne s'occupe absolument de rien chez elle...

ARIANE. — Mais si...

JACQUELINE. — Mais non... et monsieur de Montespan pas davantage...

ARIANE. — Ce n'est pas le rôle d'un
homme de s'occuper de la tenue d'une
maison... tu en conviendras?...

BRIGITTE. — Non... évidemment...
Mais enfin, tu mènes un peu trop complètement la vie d'une gouvernante...

ARIANE. — Je ne me plains de rien...

SIMONE. — C'est l'tort que tu as !...
moi, à ta place, j'pousserais des cris
assourdissants... (*La regardant avec admiration.*) T'es vraiment trop belle pour
t'occuper des lessives et d'toutes ces
saletés-là !...

ARIANE. — Il faut bien que quelqu'un
s'en occupe, pourtant !...

BRIGITTE. — Tu es admirable !...

ARIANE, *riant*. — Oh ! quel gros mot !...

SIMONE. — Dame !... c'est vrai, ça !...
Parce qu'il plaît à ton père et à ta mère
de passer leur vie au cercle et à l'église,
faut que ce soit toi qui trimes tout l'temps
à leur place... Mais c'est dégoûtant !...

ARIANE, *fâchée*. — Simone !...

SIMONE. — Bah !... tu n'me fais pas
peur, va !... tu peux bien faire ta grosse
voix tant qu'tu voudras !...

ARIANE. — Je ne veux pas que tu...
(*Sévère.*) On ne doit jamais se permettre
de critiquer ses parents...

SIMONE, *gouailleuse*. — Et pourquoi
donc ça?... ne pas voir les défauts d'ceux
qu'on aime est un tort... un très grand
tort... Faut connaître leurs défauts...
quand ça n'serait qu'pour les en corriger.

ARIANE. — Mais... . . . .

SIMONE. — Oh !... j'sais bien ce qu'tu
vas m'dire !... ils n'ont pas d' défauts...
Que si, ils en ont... et bien plus qu'nous...
puisque eux, ils n'ont plus besoin d'les
dissimuler... (*Avec explosion.*) C' que je
m'réjouis d'être parent à mon tour !...

ARIANE, *souriant*. — Nous avons... sur
ces graves questions... des idées tout à
fait différentes...

BRIGITTE, *à Ariane pour changer la
conversation*. — Quelle robe mettras-tu
pour quêter à mon mariage?...

ARIANE. — Ah !... justement je voulais te parler de ça !...

BRIGITTE. — Toi?... tu voulais m'en
parler?... c'est étonnant !... car, habituellement, ça ne t'occupe guère, ta
toilette?...

ARIANE, *riant*. — Pas assez, même !...
c'est ça que tu veux dire, n'est-ce pas?...

SIMONE. — Bah !... t'es tellement
jolie qu't'as pas besoin d'être bien
mise, toi !...

ARIANE. — Je ne suis pas jolie... (*Pro-

testations.) Et puis, quand même je le serais, je devrais attacher plus d'importance à ces sortes de choses... il faut toujours s'efforcer d'être le mieux possible...

JACQUELINE. — Eh bien, moi, je trouve que tu es très bien dans tes robes toutes droites... si simples, si collantes... qui plaquent sur toi comme si tu étais née dedans... Et je me demande si tu ne serais pas moins jolie dans des robes comme celles de tout le monde?... (*Mouvement d'Ariane.*) Oui... elles sont très bien comprises, tes robes!...

SIMONE. — Ce qu'y a d'sûr, c'est qu'elles vont joliment bien, toujours!... elles ont l'air peintes sur ta peau, tant elles te dessinent juste... Il n'y a pas un malheureux petit pli de rien du tout... on dirait toujours que tu sors de l'eau tant ça plaque... C'est magnifique!...

ARIANE, *blaguant.* — « Magnifique » me paraît faible!... (*A Brigitte.*) Avec tout ça... je n'ai pas pu te dire ce que je voulais te dire, moi?...

BRIGITTE. — Dis?...

ARIANE. — Eh bien, voilà!... quand je suis allée commander ma robe...

SIMONE. — Chez qui?...

ARIANE. — Oh! chez une petite couturière de rien du tout!... mon premier mouvement a été de commander une robe sombre... je ne porte jamais que des nuances sombres... Et puis, j'ai réfléchi que pour un mariage ce n'était pas possible... et alors, bêtement — comme en dehors du noir, du vert bouteille ou du loutre, je ne mets que du blanc — j'ai, sans y penser, commandé une robe blanche...

BRIGITTE. — Eh bien?...

ARIANE. — Eh bien... il paraît que ça ne se fait jamais... Il ne doit y avoir,

à un mariage, que la mariée, qui soit en blanc...

BRIGITTE. — Qu'est-ce que ça fait?... c'est si bête toutes ces choses de convention!...

ARIANE. — Alors... ça ne te fait vraiment rien que je sois en blanc comme toi?...

BRIGITTE. — Rien du tout!...

ARIANE. — Et tu ne crois pas que ça va faire crier un tas de gens?...

BRIGITTE. — Mais non... et d'ailleurs, au fond... qu'est-ce que ça peut bien te faire, qu'on crie?...

ARIANE, *vivement.* — Ça me ferait beaucoup!...

BRIGITTE. — Sois tranquille... on ne criera pas... tu peux tout te permettre, toi!... Tu es la coqueluche... la coqueluche de tout!... aussi bien du Faubourg que du monde à côté... et des fournisseurs... et du monde littéraire... C'est étonnant, jolie comme tu l'es, je ne te sais pas un ennemi... pas un!...

ARIANE. — Mais il va y avoir à ton mariage un monde fou... un monde que je ne connaîtrai pas du tout... et de qui, surtout, je ne serai pas connue...

BRIGITTE. — Tu connais tous les Vyéladage, tous les Saint-Rupin, tous les Millefeuil qui viennent de province... Tu les vois là-bas, en Bretagne, pendant l'été... quant aux invités de Paris, ce sont les gens que tu vois tous les jours...

ARIANE. — Mais non!...

BRIGITTE. — Tu verras!... Je parie que tu connais tout le monde... absolument tout le monde... (*Elle rit.*) sauf mon cousin de Bruges?...

ARIANE. — Comment!... il y sera, monsieur de Bruges?...

BRIGITTE. — Dame!... c'est mon cousin

germain...S'il n'assistait pas à mon mariage, ce serait peut-être un peu raide...

ARIANE. — Ah !... c'est que... d'après
ce que tu disais... je comprenais qu'il ne
se montrait jamais...

BRIGITTE. — Si... quelquefois... dans
les grandes circonstances... D'ailleurs, il
n'est ni extraordinaire, ni contrefait... il
est horriblement mal, tout simplement...
mais sans complications, sans horreurs !
Et puis, il a trois cent mille francs de
rente, et un beau nom... il sait que ça
compte... et il ose parfois sortir de son
terrier...

ARIANE, *distraitement.* — Où est-il,
son terrier?...

BRIGITTE. — En Seine-et-Oise... à
une heure de Paris...

ARIANE. — Une jolie distance !...

BRIGITTE. — Oui... mais il n'en pro-
fite pas... il ne vient que le premier de
chaque mois voir mon oncle... qui ne
peut plus remuer ni pieds, ni pattes...

UN VALET DE PIED, *entrant.* — On
demande mademoiselle de Montespan...

SIMONE. — Oh !... tu t'en vas déjà?...

ARIANE. — Oui... c'est l'heure où je
donne la leçon au petit Jacques...

JACQUELINE. — Lequel est-ce, le petit
Jacques?...

ARIANE. — L'avant-dernier...

BRIGITTE. — Et c'est une leçon de...

ARIANE. — De solfège...

SIMONE, *en extase.* — Quand on te
l'dit, que tu es un ange !...

ARIANE, *riant, et tendant à Simone ses
bras pour qu'elle passe entrer ses manches
dans celles de la jaquette.* — Tiens !...
aide-moi à replier mes ailes avant de
m'envoler?...

II

L'ANGE

M. DE MONTESPAN, *cinquante-cinq ans, grand, encore beau. Un peu original. Excellent homme, absolument dominé par sa fille. Il s'assoit dans une bergère et ôte la bande du Figaro. (A Ariane.)* — Qu'est-ce que tu tripotes?...

ARIANE. — J'arrange le salon, papa !...

M. DE MONTESPAN. — Je le vois bien... tu es là à te donner un mal !... Est-ce qu'un domestique ne pourrait pas faire ça?...

ARIANE. — Non, papa !... *(Elle se baisse, ramasse la bande du* Figaro *que M. de Montespan a laissé tomber, et la jette au feu.)*

M. DE MONTESPAN. — Qu'est-ce que tu ramasses?...

ARIANE. — La bande du journal...

M. DE MONTESPAN. — ... que j'ai laissé tomber?... *(Ariane sourit.)* Quel imbécile je fais !... il faut encore que je contribue à te donner de la peine...

ARIANE, *de plus en plus souriante.* — Oh! papa !... qu'est-ce que ça fait?

M. DE MONTESPAN. — Ça fait beaucoup !... (*Un temps.*) Dis-moi, veux-tu venir tout à l'heure aux Aquarellistes avec moi?...

ARIANE. — Je ne peux pas, papa...

M. DE MONTESPAN. — Pourquoi ne peux-tu pas?...

ARIANE. — Parce que c'est aujourd'hui le jour de maman... Elle a besoin de moi pour le thé... pour bien des choses...

M. DE MONTESPAN. — Ah! c'est vrai!... c'est aujourd'hui le jour de ta mère... C'est dommage!... ça t'aurait amusée de voir les Aquarellistes... (*Il tire sa pipe de sa poche et commence à la bourrer.*)

ARIANE. — Oui... ça m'aurait beaucoup amusée... (*Elle prend un petit balai, et balaie doucement le tabac que M. de Montespan fait tomber.*) mais je ne peux pas sortir...

M. DE MONTESPAN, *regardant Ariane.* — Qu'est-ce que tu balaies?... (*Bondissant.*) Comment!... c'est encore moi!... Ah! ma pauvre chérie, que je te demande pardon!... Tiens!... je m'en vais!... je m'en vais!...

ARIANE. — Du reste... comme vous ne pourriez pas fumer votre pipe aujourd'hui...

M. DE MONTESPAN, *étonné.* — Je ne pourrais pas fumer ma pipe?...

ARIANE. — A cause de l'odeur...

M. DE MONTESPAN. — Ah!... c'est vrai!... le jour de ta mère!... (*Un temps. Ariane continue à aller et venir.*) Pourquoi n'appelles-tu pas Nicole?...

ARIANE. — Nicole?... pourquoi faire?...

M. DE MONTESPAN. — Mais pour t'aider... Nicole ou n'importe laquelle des petites...

ARIANE. — Elle casserait les vases, renverserait l'eau... ou arracherait les feuilles des plantes... Il est beaucoup plus simple que je fasse tout moi-même...

M. DE MONTESPAN, *la regardant avec admiration.* — Vraiment... je ne vois pas comment nous ferons, ta mère et moi, quand tu seras mariée?...

ARIANE, *riant.* — Ne vous inquiétez pas de ça, papa... nous n'en sommes pas là...

M. DE MONTESPAN. — Si... c'est qu'au contraire nous en sommes là... (*Ariane ne bronche pas.*) Monsieur de Trêne a fait tâter le terrain... C'est mon vieil ami d'Oronge qui m'a parlé de ça hier au club, avant le dîner... (*Voyant qu'Ariane ne dit rien.*) ce serait un mariage splendide, tu sais?...

ARIANE. — . . . .

M. DE MONTESPAN. — Un mariage inespéré...

ARIANE. — . . . .

M. DE MONTESPAN. — Cinquante mille francs de rente... un nom acceptable... un physique agréable... bien apparenté... de bonnes relations... des opinions excellentes... une moralité suffisante... Qu'est-ce que tu veux de plus?...

ARIANE. — Je veux qu'il me plaise... et ce n'est pas le cas !...

M. DE MONTESPAN. — Parce que tu ne le connais pas, tu dis ça?... mais quand tu le connaîtras...

ARIANE. — Je ne le connaîtrai pas...

M. DE MONTESPAN, *saisi.* — Comment... tu refuses de le voir?...

ARIANE. — Absolument...

M. DE MONTESPAN. — Pas même une entrevue... qui n'aurait pas l'air d'être une entrevue?...

ARIANE. — Pas même...

M. DE MONTESPAN, *navré.* — Mais c'est un entêtement absurde !...

ARIANE. — . . . .

M. DE MONTESPAN. — Enfin... dis-moi au moins pourquoi tu refuses de voir monsieur de Trêne?...

ARIANE. — Je ne refuse pas de voir monsieur de Trêne plutôt qu'un autre... je refuse de voir, dans ces conditions-là, un monsieur quelconque...

M. DE MONTESPAN. — Mais à ce compte-là, tu ne te marieras jamais?...

ARIANE. — C'est probable!...

M. DE MONTESPAN. — Mais c'est fou!... qu'est-ce que tu veux faire?...

ARIANE. — Rester avec vous, si vous le voulez bien... (*Mouvement de M. de Montespan.*) et, si vous ne voulez pas de moi, entrer au couvent...

M. DE MONTESPAN. — Au couvent?... veux-tu bien ne pas dire de monstruo-sités pareilles!... Est-ce qu'on entre au couvent quand on est tournée comme toi?...

ARIANE. — Vous vous faites sur moi des illusions...

M. DE MONTESPAN. — Des illusions?... est-ce une illusion la demande de mon-sieur de Trêne?... Crois-tu qu'il est normal qu'un monsieur qui a cinquante mille livres de rente demande une jeune fille qui a trois cent mille francs de dot, si cette jeune fille est simplement ordi-naire?... Le crois-tu?...

ARIANE. — Il y a la famille... l'al-liance...

M. DE MONTESPAN. — Si Trêne était un bourgeois, je comprendrais ton rai-sonnement... et encore, non... car, dans ce cas-là, le bourgeois est volé, puis-que la femme perd son nom en se ma-riant... Mais Trêne est d'une famille honorablement placée... il a un nom qui sonne bien, un titre... du pape, il est vrai... mais enfin, un titre tout de même... (*Suppliant.*) Ma petite

Ariane... je t'en prie... réfléchis?...

ARIANE. — Mais j'ai réfléchi, papa... et c'est justement parce que j'ai réfléchi...

M. DE MONTESPAN, *inquiet.* — Tu n'aimes pas quelqu'un, au moins?...

ARIANE. — Je n'aime personne...

M. DE MONTESPAN. — Eh bien, alors?...

ARIANE. — Eh bien, je veux, préci-sément, me réserver... pour pouvoir aimer quelqu'un un jour... (*Riant.*) si ça se trouve?...

M. DE MONTESPAN. — Alors, qu'est-ce que je vais répondre, moi?... c'est très embarrassant!...

ARIANE. — Mais pas du tout... Vous n'avez qu'à dire la vérité... que je ne veux pas me marier...

M. DE MONTESPAN. — Ça n'est pas une raison suffisante...

ARIANE. — Comment, ça n'est pas une raison suffisante?...

M. DE MONTESPAN, *regardant Ariane.* — Jamais, jamais je n'aurais cru que tu étais une personne romanesque, toi!...

ARIANE. — Mais je ne suis pas roma-nesque...

M. DE MONTESPAN. — Ah!... vouloir aimer quelqu'un, ça n'est pas être roma-nesque?... Qu'est-ce que tu appelles donc « être romanesque? »... je serais curieux de connaître ta définition?...

ARIANE. — Mais, papa, il n'est pas nécessaire, pour vouloir aimer quelqu'un, d'être romanesque... Et puis tant pis, après tout!... si c'est être romanesque, je le suis... et voilà!... (*Un temps.*) Vous savez, papa... (*Elle montre la pipe que M. de Montespan vient d'allumer.*) si vous fumez dans le salon, maman ne va pas être contente...

M. DE MONTESPAN, *se levant précipi-tamment.* — Tu as raison, sapristi!... tu as toujours raison! (*A Ariane qui ouvre la fenêtre.)* Mais si tu ouvres la fenêtre, tu vas geler?...

ARIANE, *riant.* — J'aime mieux geler

ARIANE. — Oui, papa... (*M. de Montespan disparaît définitivement.*) Allons ! bon !... (*Elle prend un livre qui est sur*

un petit instant et que ça ne sente pas le tabac...

M. DE MONTESPAN, *disparaissant.* — Un ange !... tu es un ange !... (*Rouvrant la porte.*) Si ta mère sent quelque chose, dis-lui que c'est la cheminée...

la table.) Un Zola qui traîne !... comme ça ferait bien pour les visites de maman ! (*Elle ouvre le livre.*) *La Conquête de Plassans...* Comment ?... il relit des vieux Zola, à cette heure !... (*Elle met le livre sous son bras et continue ses petits arrangements.*)

MADAME DE MONTESPAN, *quarante-cinq ans, a toujours été laide. Intelligence médiocre, volonté nulle. Ne fait quoi que ce soit sans consulter sa fille. Robe de peau de soie vert olive, berthe de vieille guipure.* — Brrr !... quelle idée as-tu d'ouvrir la fenêtre !... (*Elle hume l'air à plusieurs reprises.*) Tiens !... la cheminée a fumé ?...

ARIANE. — Non, maman... c'est papa !...

MADAME DE MONTESPAN. — Ton père ?... mais il est fou !... il sait que c'est aujourd'hui mercredi...

ARIANE, *doucement.* — Il l'a oublié, maman...

MADAME DE MONTESPAN. — Heureusement tu étais là... et tu as eu l'idée d'ouvrir... Tu penses à tout, toi !... Où est ton père à présent ?...

ARIANE. — Mais chez lui, je pense ?...

MADAME DE MONTESPAN, *s'installant au coin du feu, et formant autour d'elle un abri avec un paravent.* — Ne crois-tu pas qu'on peut refermer ?... (*Ariane referme la fenêtre.*) Dis-moi, je voudrais te montrer un compte...

ARIANE. — Un compte ?...

MADAME DE MONTESPAN. — Oui... j'ai beau le recommencer... il y a une erreur... (*Elle regarde un petit agenda qu'elle tient à la main.*) il y a positivement une erreur...

ARIANE. — Ça ne m'étonne pas !... Mais pourquoi faites-vous les comptes, maman... puisque c'est moi qui suis chargée de les faire ?...

MADAME DE MONTESPAN. — Il ne s'agit pas des comptes de la maison !... non... ce sont ceux de l'œuvre...

ARIANE. — Quelle œuvre ?...

MADAME DE MONTESPAN. — L'œuvre du *Repentir Momentané...* Madame d'An-

coche a absolument voulu que je sois trésorière...

ARIANE, *vivement.* — Mais, maman... il ne fallait pas accepter !... Vous êtes tout à fait incapable d'être trésorière...

MADAME DE MONTESPAN. — Je le sais bien !... Ainsi, dans ce moment, j'ai une erreur de huit cents francs... et encore, ça ne doit pas être ça... il doit y avoir des francs et des centimes en plus... ou en moins... C'est trop rond, ce chiffre de huit cents francs... tu ne trouves pas ?...

ARIANE, *agacée, mais respectueuse.* — Mais, maman, je ne peux pas savoir...

MADAME DE MONTESPAN. — C'est vrai !... tu ne peux pas savoir... Tiens ! veux-tu vérifier ?...

ARIANE, *comptant.* — Sept et neuf, seize... seize et huit, vingt-quatre... moi je trouve mille cent quarante-neuf francs soixante...

MADAME DE MONTESPAN. — Ah ! mon Dieu !... mais alors ton erreur est plus grosse que la mienne !...

ARIANE, *rectifiant.* — C'est-à-dire que l'erreur que je trouve est plus grosse que celle que vous trouvez...

MADAME DE MONTESPAN, *agitée.* — Il faudrait, pour bien faire, voir madame d'Ancoche aujourd'hui... et précisément, aujourd'hui je ne peux pas sortir...

ARIANE. — Bah !... que ce soit aujourd'hui ou demain, ça ne change rien !...

MADAME DE MONTESPAN. — Qu'est-ce que je vais lui dire ?...

ARIANE. — . . . .

MADAME DE MONTESPAN. — Qu'est-ce que tu ferais, si c'était toi ?...

ARIANE. — Mais je ne ferais pas d'erreur...

MADAME DE MONTESPAN. — Naturellement... (*Se faisant toute petite.*) mais puisqu'elle existe, l'erreur... donne-moi un conseil?...

ARIANE. — Eh bien, d'abord, avant

ARIANE. — Je comprends ça !...

MADAME DE MONTESPAN. — Madame d'Ancoche va se trouver dans l'embar-

tout, il faut vous faire remplacer comme trésorière...

MADAME DE MONTESPAN. — Ça ne sera pas facile... personne ne veut l'être...

ras... et ça me contrarie... Enfin demain je commencerai par aller à l'hôtel Bruges (*Mouvement d'Ariane.*) dès le matin...

ARIANE. — A l'hôtel Bruges?... pourquoi faire?...

MADAME DE MONTESPAN. — Eh bien, pour voir madame d'Ancoche...

ARIANE. — Elle habite l'hôtel Bruges, madame d'Ancoche?...

MADAME DE MONTESPAN. — Mais oui... elle ne quitte pas son frère qui est paralysé...

ARIANE. — Le duc?...

MADAME DE MONTESPAN. — Oui... il est très malade... et son fils habite la campagne sans plus s'occuper de lui que s'il était déjà mort...

ARIANE, *pensive.* — Je sais... (*Un temps.*) Il ne vient jamais à Paris, monsieur de Bruges?...

MADAME DE MONTESPAN. — Hugues?... il vient le premier de chaque mois déjeuner avec son père... un point, c'est tout!...

ARIANE. — C'est court!...

MADAME DE MONTESPAN. — N'est-ce pas?... le pauvre garçon ne peut d'ailleurs être d'aucun secours...

ARIANE, *indifférente.* — Il est malade aussi?...

MADAME DE MONTESPAN. — Malade, lui?... Ah! grand Dieu!... c'est un colosse!...

ARIANE, *riant.* — Alors, il est idiot?...

MADAME DE MONTESPAN. — Pire!... il est brute!... il n'y a rien à en tirer... et il est, paraît-il, mauvais... Moi, je ne l'ai pas vu depuis cinq ou six ans au moins... mais on me dit qu'il est devenu absolument ignoble... Nous le verrons d'ailleurs au mariage de Brigitte... c'est son cousin germain... (*Réfléchissant.*) Non... probablement, il n'ira pas!... s'il y venait, c'est avec lui que tu devrais quêter...

ARIANE. — Il vient peut-être en invité... et non pas en parent...

MADAME DE MONTESPAN. — Peut-

être... mais revenons à notre affaire, ou plutôt à mon affaire?... Comment vais-je m'arranger?...

ARIANE. — Dame!... je ne sais pas, moi!... (*Un temps.*) Voulez-vous que je la voie, moi, madame d'Ancoche?...

MADAME DE MONTESPAN. — Ça va encore te déranger?...

ARIANE, *souriant.* — Rien ne me dérange... Je vous offrirais bien une combinaison qui vous permettrait de conserver votre titre de trésorière... auquel vous semblez tenir...

MADAME DE MONTESPAN. — *Le Repentir Momentané* est une œuvre si bien composée!...

ARIANE, *riant.* — Eh bien, vous resteriez trésorière de cette œuvre si bien composée...

MADAME DE MONTESPAN. — Qu'est-ce qu'il faut que je fasse?...

ARIANE. — Me charger de vous remplacer...

MADAME DE MONTESPAN, *saisie.* — Toi?... Toi?...

ARIANE. — Moi-même!...

MADAME DE MONTESPAN. — Mais, ma pauvre chérie, tu es déjà accablée de choses à faire!... Tu n'as pas le temps de respirer!...

ARIANE. — Ne vous inquiétez pas de ma respiration...

MADAME DE MONTESPAN, *ravie.* — Vrai, tu me remplacerais?...

ARIANE. — Quand vous voudrez...

MADAME DE MONTESPAN. — C'est qu'elle est très désagréable, madame d'Ancoche, tu verras ça!...

ARIANE. — Si vous saviez comme ça m'est égal!...

MADAME DE MONTESPAN. — Et tu iras causer avec elle?...

ARIANE. — Et j'irai causer avec elle...

MADAME DE MONTESPAN. — Et tu feras les comptes?...

ARIANE. — Et je ferai les comptes...

MADAME DE MONTESPAN. — Et les rapports?...

ARIANE. — Et le rapports... (*Elle rit.*) Je ferai tout ce qui concernera mon état...

MADAME DE MONTESPAN, *avec conviction.* — Tu es un ange, toi !...

ARIANE, *modeste.* — . . . . . .

III

COUP DE FOUDRE

A l'hôtel de Tremble.

La messe de mariage de Brigitte de Tremble et du vicomte de Cabour vient de finir. On rentre pour le lunch.

Les mariés et la famille arrivent d'abord, suivis des demoiselles d'honneur : Ariane de Montespan et Jacqueline de Nymbe ; des garçons d'honneur : Pierre de Tremble et Paul de Garde, et des amies de Brigitte.

M. DE CABOUR, *trente ans, très chic, gentil. En somme, assez quelconque. (A Brigitte.)* — Vous n'êtes pas trop fatiguée?...

BRIGITTE, *robe de satin blanc ourlée de fleur d'oranger. Couronne de vestale en fleur d'oranger. Voile de vieux point. Jolie mais un peu jaunette dans tout ce blanc cru.* — Non!... pas fatiguée du tout...

M. DE CABOUR. — Ah ! tant mieux !... car c'était éreintant, cette cérémonie!... (*Un temps.*) Vous savez que le train part à cinq heures sept?... il ne faudra pas nous mettre en retard...

JACQUELINE DE NYMBE, *robe de crépon bleu nil, chapeau couvert de myosotis. Entrant derrière les mariés et faisant à Brigitte une profonde révérence.* — Madame la vicomtesse, je vous salue !...

ARIANE, *robe de crépon blanc sans aucun ornement. Petit chapeau orné d'œillets blancs. Étonnamment belle et fraîche.* — Laisse-les donc causer !...

SIMONE DE FRYLEUSE, *robe de cachemire de l'Inde feuille de rose. Chapeau auvergnat orné de velours noir et de roses pompon. (Naïvement.)* — Bah !... ils auront bien le temps de causer !... *(On rit.)*

PIERRE DE TREMBLE, *vingt-huit ans. Très joli garçon, mais très masculin tout de même. Grand, solide, intelligent. Tout à fait réussi. (A Brigitte.)* — Tu vas nous distribuer ta couronne et ton bouquet?...

BRIGITTE. — Attends un instant... tu es bien pressé...

PAUL DE TRÈNE, *trente ans. Très bien aussi. Distingué, correct, l'air doux et fort. (Riant.)* — C'est que, probablement Pierre veut se marier dans l'année...

PIERRE, *regardant Ariane qui ne semble pas s'en apercevoir.* — Oui...

BRIGITTE, *à Paul.* — Et vous, monsieur de Trène?...

PAUL, *regardant Ariane.* — Il y a huit jours, je vous aurais aussi répondu oui... *(Ariane ne bronche pas.)*

BRIGITTE, *détachant le bouquet de son corsage et le partageant.* — Voici mes fleurs... *(Elle tend des branches. Pierre, Paul, Jacqueline et Simone s'approchent pour les prendre.)*

BRIGITTE, *à Ariane, qui ne fait pas un mouvement.* — Tu ne veux pas une branche de mon bouquet, Ariane?...

ARIANE, *sans empressement.* — Si... *(Elle tend la main.)* je te remercie...

SIMONE, *à Ariane.* — Est-ce que tu crois que c'est vrai ce qu'on dit... que quand une mariée vous donne un brin d'oranger, on se marie dans l'année?...

ARIANE, *regardant la fleur qu'elle vient de mettre à son corsage.* — Si je le croyais, je n'aurais pas pris ces fleurs... *(Mouvement de Pierre.)*

SIMONE, *étonnée.* — Alors?... c'est sérieux... tu ne veux pas te marier?...

ARIANE, *sans paraître s'apercevoir que les deux jeunes gens attendent sa réponse.* — Je ne dis pas que je ne veux pas... je dis que je n'ai encore rencontré personne qui m'ait... inspiré l'idée de me marier... Voilà tout !...

SIMONE. — Ah !... *(Curieusement.)* Comment donc faut-il être pour t'inspirer cette idée-là?...

ARIANE, *rêveuse.* — Je ne sais pas !...

MADAME DE TREMBLE, *s'approchant de Brigitte.* — Veux-tu que je t'enlève ton voile?... tout le monde l'entraîne en passant, ça doit te tirer sur les cheveux...

BRIGITTE. — Je veux bien, maman... *(Elle incline la tête. Madame de Tremble détache les épingles qui retiennent le voile.)*

MADAME DE TREMBLE. — As-tu vu Hugues?... il est là...

BRIGITTE. — Je l'ai aperçu à la sacristie, derrière ma tante d'Ancoche...

MADAME DE TREMBLE. — Lui as-tu présenté ton mari?...

BRIGITTE. — Je n'ai pas pu... il a passé sans s'arrêter pendant que la tante d'Ancoche m'embrassait...

MADAME DE TREMBLE. — Il va falloir le lui présenter... et le remercier d'être venu à ton mariage... c'est extraordinaire !... Il s'est décidé à quitter les Hautes-Futaies, et à séjourner quarante-huit heures à Paris...

BRIGITTE. — Dame, maman, il ne pouvait guère s'en dispenser !... C'est mon cousin germain, après tout !...

MADAME DE TREMBLE. — C'est égal... dis-lui quelque chose de gentil... Tiens le voilà justement... *(Elle s'éloigne, emportant le voile de Brigitte. A la tante d'Ancoche, qui s'avance suivie de Hugues de Bruges.) Vous allez être fatiguée, ma bonne tante, de cette matinée qui bouleverse toutes vos habitudes?...*

LA BARONNE D'ANCOCHE, *cinquante-huit ans. Grande, maigre, l'air bourru et distingué. Toilette cossue et correcte. —* Un peu...

LA BARONNE D'ANCOCHE

BRIGITTE. — Comme je vous remercie d'être venue !...

MADAME D'ANCOCHE. — Remercie plutôt ce sauvage... *(Elle cherche à pousser en avant Hugues qui se dérobe.)*

BRIGITTE, *gracieusement.* — C'est bien gentil à toi, Hugues, d'avoir quitté les Hautes-Futaies pour assister à mon mariage...

LE MARQUIS HUGUES DE BRUGES, *trente-huit ans. Grand, gros, colossal. L'air hésitant et essoufflé. Démarche lourde, mouvements gauches. Physionomie*

bête et vulgaire. Pieds et oreilles horribles. Expression bestiale. Vêtements mal faits. — C'est papa qui a voulu que je le remplace... *(Il veut s'éloigner.)*

BRIGITTE. — Attends un peu... je veux te présenter ton nouveau cousin... *(A M. de Cabour.)* Henry !... venez... que je vous présente à mon cousin Hugues de Bruges... dont vous avez si souvent entendu parler...

M. DE CABOUR, *très courtois et dissimulant de son mieux la surprise que lui cause la vue du marquis de Bruges. —* Monsieur... *(Il lui tend la main.)*

HUGUES DE BRUGES. — . . . .

(Il prend sans la serrer la main de M. de Cabour, et pousse une sorte de grognement indistinct, en laissant tomber son chapeau.)

M. DE CABOUR, *se baissant pour ramasser le chapeau. —* Permettez... je...

HUGUES DE BRUGES. — Mais non... je... *(Il se baisse et cogne effroyablement avec son menton la tête de M. de Cabour qui se relève.)* Oh !... pardon !... je vous ai fait mal ?...

M. DE CABOUR, *très poli.* — Non... du tout...

MADAME D'ANCOCHE, *à M. de Tremble, montrant Hugues.* — Il est incroyable que ce garçon ne puisse pas saluer, ni donner une poignée de main, ni rien faire comme tout le monde !... Enfin ça se fera peut-être?...

M. DE TREMBLE, *incrédule*. — Croyez-vous?... alors, il serait temps...

SIMONE, *à Ariane, désignant Hugues de Bruges*. — Qu'est-ce que c'est que cet horrible gros homme... qui a l'air cousu au manteau de madame d'Ancoche?...

ARIANE, *les yeux vagues*. — Je ne sais pas... je ne l'ai pas vu!...

SIMONE. — Tu ne l'as pas vu... comment as-tu fait?... à la messe on ne regardait que lui... Mais maintenant, tu le vois?... le voilà!... à trois pas!...

ARIANE, *les yeux à demi clos, l'air d'être à mille lieues de là.* — A quoi bon le voir?... Quel qu'il soit, il ne m'intéresse pas, ton monsieur!...

SIMONE. — C'est bien sûr pas mon monsieur!... ni même un monsieur!... Ça doit être qué'que fermier qu'on aura invité...

ARIANE. — C'est possible!... (*Elle regarde de côté Hugues au travers de ses grands cils retroussés.*)

HUGUES DE BRUGES, *à M. de Tremble*. — Mon oncle... qu'est-ce que c'est que cette dame... ici... qui est habillée comme la mariée?... (*Il indique Ariane.*)

M. DE TREMBLE. — Mais ce n'est pas une dame... c'est mademoiselle Ariane de Montespan... une des demoiselles d'honneur de ta cousine...

HUGUES DE BRUGES. — Mazette!...

M. DE TREMBLE. — Tu la trouves jolie?...

HUGUES DE BRUGES, *abruti d'admiration*. — Mâtin, oui!... quels yeux!... quelle taille!... et quelle peau!... regardez-moi un peu cette peau au milieu de ce blanc?...

M. DE TREMBLE, *regardant alternative-*

ment sa fille et Ariane. — Oui... et le blanc est terriblement difficile à bien porter au jour... Ainsi, regarde Brigitte, qui a pourtant un joli teint... ça l'écrase!

Après ça, je sais bien que mademoiselle de Montespan est beaucoup plus belle que Brigitte...

HUGUES DE BRUGES, *à lui-même*. — J'le crois!... (*Il continue à dévisager Ariane.*)

SIMONE, *à Ariane*. — Dis donc?... il est pas comme toi, va, l'gros vilain monsieur!...

ARIANE. — ?... . . . . . .

SIMONE. — Tu sais bien, celui q'tu n'as pas voulu r'garder tout à l'heure ?... ben, lui, y te regarde tout l'temps !... (*Mouvement d'Ariane.*) y fait q'ça !...

ARIANE, *elle rougit imperceptiblement.* — Tu ne sais ce que tu dis...

SIMONE. — Nous l'verrons bien !...

M. DE TREMBLE, *à Brigitte.* — Brigitte !... Veux-tu présenter Hugues à ton amie Ariane?...

ARIANE, *sans tourner la tête.* — Tu rêves !...

SIMONE. — Que non, je n'rêve pas !... et y vient de demander à monsieur de Tremble qui tu es, va, j'en suis sûre... j'l'ai vu qui lui marmottait qué'qu'chose en t'regardant...

BRIGITTE, *stupéfaite.* — Hugues ?... à Ariane?... mais pourquoi papa?...

M. DE TREMBLE. — Parce qu'il le demande...

BRIGITTE, *saisie.* — Lui?...

M. DE TREMBLE, *riant.* — Lui-même !...

BRIGITTE. — Attends !... il faut que

je sache si ça plaît à Ariane... Elle n'est pas habituellement très accueillante... et en voyant un bonhomme tourné comme Hugues... sans être prévenue avant...

M. DE TREMBLE. — Eh bien, préviens-la...

BRIGITTE, *allant à Ariane.* — Ariane... tu veux bien que je te présente mon cousin Bruges, n'est-ce pas?...

ARIANE, *impassible.* — Ton cousin Bruges?... Mais non... à quoi bon?...

BRIGITTE. — Il désire te connaître... et...

ARIANE. — Moi, tu sais, j'ai l'horreur des nouvelles connaissances... ton cousin ne vient jamais à Paris... ça n'a donc aucun intérêt pour lui... ni pour moi...

BRIGITTE. — Il vient à Paris rarement, c'est vrai... Mais enfin, le premier de chaque mois, et quelquefois même le quinze, il passe régulièrement une journée avec son père... (*Un temps.*) Puisqu'il le désire, laisse-moi te le présenter?...

ARIANE, *nerveuse.* — Mais non, je te dis... ça m'agace !...

BRIGITTE. — Ma foi, il est tellement mal que je n'ose pas insister...

ARIANE, *vivement.* — Qu'il soit mal ou bien, ça ne signifie rien... puisque je ne l'ai pas vu...

BRIGITTE, *rejoignant M. de Tremble.* — Elle ne veut pas, papa...

M. DE TREMBLE. — Ah !... (*Un temps.*) ça ne m'étonne pas !... (*Allant à Hugues de Bruges.*) Mon garçon... (*En lui-même.*) je ne sais pas comment lui couler ça en douceur... (*Haut.*) mademoiselle de Montespan ne veut pas...

HUGUES DE BRUGES. — Ah !... (*A part, navré.*) elle me trouve gauche... timide... pas habillé à la dernière mode...

je ne suis pas un gommeux, moi !...

ARIANE, *à madame de Montespan.* — Maman... madame d'Ancoche est là...

MADAME DE MONTESPAN. — Oui... Eh bien?...

ARIANE, *sèchement.* — Eh bien, si c'est moi qui dois aller jeudi faire vos comptes... vous feriez peut-être bien de l'en avertir... et de me présenter à elle?...

MADAME DE MONTESPAN. — Tu as raison... je n'y pensais déjà plus !... Heureusement, tu penses à tout, toi !... viens... je vais te présenter tout de suite... Où est-elle?...

ARIANE. — Au buffet... avec le duc de Vyéladage...

MADAME DE MONTESPAN, *elle se dirige vers le buffet suivie d'Ariane et aborde madame d'Ancoche qui mange un aspic.* — Madame, permettez-moi de vous présenter ma fille Ariane?... (*Ariane fait une révérence plongeante et profonde.*)

MADAME D'ANCOCHE. — J'ai entendu beaucoup parler de mademoiselle par ma nièce Brigitte...

MADAME DE MONTESPAN. — Si je vous ai présenté Ariane, madame, c'est que je suis un peu fatiguée... et que je veux vous prier de l'autoriser à me remplacer... pour quelque temps... comme trésorière du *Repentir Momentané*...

MADAME D'ANCOCHE. — Mon Dieu !... je n'y vois pas d'inconvénient... (*Presque gracieuse.*) mais ça va ennuyer cette jolie enfant?...

ARIANE, *respectueuse.* — Je serai au contraire très heureuse, madame, si vous voulez bien m'autoriser à faire avec vous les comptes de maman...

MADAME D'ANCOCHE. — Mais, ma petite amie, vous ignorez l'étendue de la corvée que vous allez accepter?... Je ne suis libre, pour faire ces maudits comptes, que le matin, de dix heures à midi...

ARIANE. — Eh bien, madamè, j'irai chez vous de dix heures à midi...

MADAME D'ANCOCHE. — Mais c'est la belle heure des Poteaux !...

ARIANE. — Qu'est-ce que ça me fait?... je ne monte pas à cheval...

MADAME D'ANCOCHE, *surprise.* — Est-il possible?...

ARIANE. — Mon Dieu, non !... comme je ne peux pas avoir de cheval de selle...

MADAME D'ANCOCHE. — Pourquoi ça?...

ARIANE, *riant.* — Parce que, nombreux comme nous le sommes, si chacun voulait un cheval de selle...

MADAME D'ANCOCHE. — C'est vrai !... vous êtes un tas d'enfants, vous autres !... (*Elle regarde madame de Montespan avec étonnement et dégoût.*) C'est dommage !... Vous seriez gentille à cheval !... (*A madame de Montespan.*) Tous mes compliments !... elle est ravissante votre fille !... Et quel teint !... regardez-la dans cette toilette toute blanche?... c'est un éblouissement !... (*Elle examine Brigitte.*) ma nièce qui n'est pas mal d'habitude, perd énormément dans sa robe blanche... elle est pâlotte...

ARIANE, *bienveillante.* — C'est l'émotion...

MADAME D'ANCOCHE. — L'émotion?... Ah ouiche!... Est-ce que les petites filles d'aujourd'hui connaissent ça?...

ARIANE, *sérieuse.* — Il me semble que.. si je me mariais... je serais très émue...

MADAME D'ANCOCHE. — Alors, mon enfant, c'est que vous êtes — comme ils disent — « vieux jeu »... Oh ! ce n'est pas moi qui vous en blâmerai... je constate seulement que ce n'est pas moderne... (*Elle tend la main à Ariane.*)

Au revoir, c'est convenu... je vous attendrai jeudi à dix heures... (*A madame de Montespan qu'elle retient un instant après qu'Ariane s'est éloignée.*) Elle est tout bonnement ravissante, votre fille !...

MADAME DE MONTESPAN. — C'est une nature exquise... et une tête !... Je ne sais pas comment nous ferions pour nous passer d'elle !... (*Elle rejoint Ariane.*)

MADAME D'ANCOCHE, *à M. d'Oronge.* — Elle est charmante, cette petite Montespan !... et il paraît que c'est le modèle des filles, et des sœurs, et la perle des maîtresses de maison... Elle est levée à six heures du matin, surveille les domestiques, assiste au lever de ses frères et sœurs, préside à leur toilette et à leur déjeuner, installe les filles avec l'institutrice et les garçons avec le précepteur... vérifie au thermomètre la température des salles d'études... donne un coup d'œil aux appartements, à la lingerie et à la cuisine... et écrit les lettres de sa mère... une excellente femme, mais un peu brouillon, incapable de se diriger elle-même...

M. D'ORONGE, *cinquante ans. Assez bien conservé, très bon homme. Ami du père d'Ariane.* — Oui, et c'est une grande veine pour Montespan, une fille pareille ! car c'est aussi un bon distrait... artiste à ses heures... s'engouant tantôt d'impressionnisme, tantôt d'art exceptionnellement idéaliste... Il dévore Zola, Maupassant, Hervieu ou Abel Hermant pendant quinze jours... et il se plonge après ça dans la lecture des Parnassiens les plus magistralement ennuyeux... il exalte tour à tour Lecocq ou Saint-Saëns, et il est d'ailleurs toujours convaincu à l'instant où il parle... C'est, en somme, une jugeotte mal équilibrée, que la belle Ariane redresse avec une maternelle bonté...

MONSIEUR DE FOLLEUIL, *quarante-huit ans. Grand, élégant, beaucoup de chic, infiniment d'esprit. Pas « gobeur » ni même très bienveillant. Également ami de Montespan. (Compatissant et narquois.)* — Ce pauv'Montespan !... Il a une si haute idée de l'intelligence et de l'esprit de conduite de sa fille... et en même temps une crainte si salutaire de ses très respectueuses observations, qu'il n'ose pas remuer sans la consulter !...

MADAME D'ANCOCHE, *regardant Folleuil de travers.* — La remarquable attitude de mademoiselle de Montespan est appréciée à sa valeur dans le monde dont elle est l'enfant gâtée...

FOLLEUIL. — Oh ! j'crois bien !... J'entends à chaque instant les profonds penseurs de l'*Union* dire en parlant de Montespan : « Ce pauv' Montespan !... quelle chance que sa fille soit là pour l'empêcher de faire des sottises !... »

MADAME D'ANCOCHE. — Mais c'est vrai !...

FOLLEUIL. — Très vrai... et les bonnes amies de madame de Montespan disent aussi volontiers, dans un ensemble vraiment touchant : « Quel bonheur pour cette pauvre Marguerite d'avoir une fille pareille !... Elle est incapable de s'occuper de quoi que ce soit... c'est sa fille qui dirige tout !...

MADAME D'ANCOCHE. — Mais c'est vrai aussi... en voulez-vous une preuve?... Je suis présidente de l'œuvre du *Repentir Momentané*...

FOLLEUIL. — Je sais... je sais !... On me

plume chaque printemps au nom de cette œuvre-là...

M. D'ORONGE. — Moi de même !...

MADAME D'ANCOCHE. — Eh bien, c'est madame de Montespan qui est trésorière

de l'œuvre... et jamais nous n'avons pu obtenir d'elle un compte — je ne dirai pas présentable — mais lisible seulement... Elle a d'ailleurs fini par comprendre ça, la pauvre femme... et, à partir de la semaine prochaine, c'est sa fille qui la remplacera...

FOLLEUIL. — Eh !... Eh !...

MADAME D'ANCOCHE. — Pourquoi dites-vous : Eh !... Eh !...

FOLLEUIL. — Pour rien !... (*Un temps.*) Dites-moi... votre neveu semble la considérer avec une certaine attention, la belle Ariane?...

MADAME D'ANCOCHE. — Hugues !... vous divaguez !... jamais ce garçon n'a regardé une vraie femme de sa vie... Il se contente de poursuivre les filles d'auberge et toutes les gotons des Hautes-Futaies... et de couvrir d'enfants le pays... Il désespère mon frère... et moi aussi...

M. D'ORONGE, *consolant.* — Bah !... il finira bien par faire une fin !...

MADAME D'ANCOCHE. — Jamais !... et, d'ailleurs, quelle femme voudrait de lui ?...

FOLLEUIL, *d'une voix flûtée.* — Beaucoup de femmes !... On veut toujours d'un duc qui a un million de revenu !...

MADAME D'ANCOCHE. — Pas encore !...

FOLLEUIL. — Enfin, bientôt !...

SIMONE, *à Paul de Trêne.* — Regardez donc Ariane, comme le blanc lui va?... Brigitte, qui est en blanc aussi paraît toute jaune... tandis qu'elle...

PAUL DE TRÊNE, *extasié.* — Elle est adorable !...

M. DE CABOUR, *à Brigitte.* — Ma chère Brigitte... ne pensez-vous pas qu'il va être temps de changer de costume?... le train part à cinq heures... et... (*En lui-même.*) et je ne serais pas fâché de la voir dans une autre robe... ça ne lui va pas du tout, ce blanc !... (*Il regarde Ariane.*) Mais ça va rudement bien à mademoiselle de Montespan, par exemple !...

BRIGITTE. — Oui... je vais me déshabiller... Envoyez-moi Ariane et Jacqueline...

MADAME D'ANCOCHE, *à Folleuil et à M. d'Oronge.* — Vous devriez bien m'indiquer un moyen de rendre mon neveu moins ours, vous?...

FOLLEUIL. — Tout s'arrangera au moment où on y pensera le moins !...

MADAME D'ANCOCHE. — J'aimerais beaucoup mieux lui voir faire des bêtises... des bêtises graves même... mais au moins dans notre monde... à Paris...

FOLLEUIL, *encourageant.* — Soyez tranquille !... ça viendra !...

MADAME D'ANCOCHE, *montrant Brigitte qui passe entre Ariane et Jacqueline.* — Ah !... voilà la mariée qui rentre chez elle !... Tenez, regardez mademoiselle de Montespan?... est-elle assez belle dans sa robe blanche... le blanc qui est si ingrat en plein jour !... cette pauvre petite Brigitte, qui est pourtant jolie, est presque laide à côté d'elle !...

M. D'ORONGE, *poli.* — Oh ! pas laide... mais moins éclatante... Il faut d'ailleurs, pour s'habiller ainsi sans y être forcée, une grande indifférence de soi...

FOLLEUIL. — Ou une immense confiance !... (*En lui-même.*) Elle savait bien ce qu'elle faisait, la petite rosse !...

IV

ENTRÉE DANS LA PLACE

A l'hôtel de Bruges.
Un salon Louis XIV. Meubles anciens. Très beaux portraits de famille.

ARIANE, *robe de bure capucin, qui a l'air d'être peinte sur sa peau, tant elle la moule exactement. Bandeaux plats. Assise à un grand bureau. A la baronne d'Ancoche qui tisonne.* - - Voici une partie des comptes, madame, mais je n'ai pas pu les terminer... je reviendrai demain matin, si vous le voulez bien?...

MADAME D'ANCOCHE. — Mais non !... Il vaut bien mieux finir ça aujourd'hui !...

ARIANE, *timidement.* — C'est que... à la maison, on déjeune à onze heures et demie, madame... et je craindrais d'inquiéter si je rentrais en retard...

MADAME D'ANCOCHE. — C'est vrai !... *(Un temps.)* Écoutez, ma chère petite, il y a une chose bien simple... Restez à déjeuner avec nous?... *(Mouvement d'Ariane.)* Qui est-ce qui est là pour vous emmener?...

ARIANE. — Ça doit être miss Fly, la gouvernante de mes sœurs...

MADAME D'ANCOCHE. — Eh bien, je vais lui parler, à miss Fly... *(Elle sonne. Au valet de pied qui entre.)* Priez la personne qui attend mademoiselle de Montespan de venir me parler...

ARIANE. — Mais je crains vraiment de... *(On introduit miss Fly.)*

MADAME D'ANCOCHE. — Les comptes

de l'œuvre étaient très embrouillés, très peu en état...

MISS FLY, *à part*. — Ça, c'est pour madame la marquise !...

MADAME D'ANCOCHE, *continuant*. — ... Et mademoiselle Ariane n'a pas eu le temps de les finir encore... Je lui ai demandé de rester à déjeuner, afin que nous puissions terminer aujourd'hui... Voulez-vous, mademoiselle, prier de ma part madame de Montespan de vouloir bien me laisser sa fille?... Je la reconduirai tantôt...

MISS FLY. — Oui, madame la baronne...

ARIANE. — Je suis sûre qu'on va avoir besoin de moi à la maison...

MADAME D'ANCOCHE. — Mais non !... mais non !... N'est-ce pas, miss?...

MISS FLY, *doucement*. — On a toujours besoin de mademoiselle Ariane... (*Elle sort.*)

MADAME D'ANCOCHE, *à Ariane*. — Là !... comme ça, nous finirons en une seule séance !... (*Voyant qu'Ariane se remet au travail.*) Non... pas maintenant... reposez-vous un peu... il y a une heure et demie que vous travaillez sans lever les yeux !... Vous n'allez pas, ma chère petite, faire un bien amusant déjeuner entre moi et mon frère... que je vais vous présenter... il est presque entièrement paralysé... et, comme tous les malades, il est un peu morne, un peu maussade même...

ARIANE, *elle rougit*. — Oh ! si j'avais su que vous n'étiez pas seule !...

MADAME D'ANCOCHE. — Mais je ne suis pas ici chez moi... je suis chez mon frère... il m'a demandé d'habiter avec lui, à la place de son fils qui n'est jamais là...

ARIANE. — Ah !... il n'est jamais là?...

MADAME D'ANCOCHE. — Jamais !... c'est un vrai ours... Pourtant, il s'est décidé à venir, il y a huit jours, au mariage de votre amie Brigitte... Vous ne l'avez pas vu?...

ARIANE. — Non, madame...

MADAME D'ANCOCHE, *voyant qu'on ouvre la porte à deux battants*. — Voici mon frère !...

(*Deux valets de pied entrent poussant un grand fauteuil à énormes roulettes, dans lequel est le duc de Bruges.*)

MADAME D'ANCOCHE, *à Ariane*. — Mon frère... le duc de Bruges... (*Ariane fait une profonde révérence.*) Mon ami... Mademoiselle Ariane de Montespan...

LE DUC, *soixante-cinq ans. Paralysé des jambes. A été très charmant. A, dans sa jeunesse, fait une noce à tout casser, puis a fini par épouser une femme très belle qui est morte à la naissance de Hugues.* — Pardonnez-moi, mademoiselle, de rester assis devant vous... (*Il regarde Ariane en connaisseur, avec une vive admiration.*)

MADAME D'ANCOCHE. — Mademoiselle Ariane veut bien déjeuner avec nous... nous avons à finir d'interminables comptes...

LE DUC. — Tant mieux !... puisque ça me procure le très grand plaisir de voir mademoiselle...

MADAME D'ANCOCHE. — Elle veut bien remplacer sa mère que tout ça fatiguait un peu...

LE DUC, *inquiet*. — Elle la remplace pour aujourd'hui... ou pour tout à fait?...

MADAME D'ANCOCHE. — Pour tout à fait...

LE DUC, *satisfait*. — Ah !... (*En lui-même.*) à la bonne heure !... ça sera plus agréable à voir !... (*A Ariane.*) Votre père est un de mes vieux amis, mademoiselle... un ami beaucoup plus jeune que moi, mais un très vieil ami tout de même... Nous nous sommes un peu perdus de vue depuis son mariage... parce que, voyez-vous... les amis mariés, ça ne compte plus !... (*En lui-même.*) quand ils ont des femmes laides... et c'était le cas !...

ARIANE, *très gracieuse.* — J'ai souvent entendu parler de vous à papa, monsieur...

propos de paysage, tu as donc acheté un tableau?... (*Il indique un tableau placé sur un chevalet drapé.*) qu'est-ce que c'est que ça?...

MADAME D'ANCOCHE. — C'est un ilar-

LE DUC. — Ce pauvre Montespan !... oui !... il ne peut pas m'avoir oublié !... nous avons fait la no... (*Se reprenant.*) nos études ensemble... Ça ne s'oublie pas, ces petites fêtes de la première jeunesse !... c'est comme un joli coin d'un paysage bien frais qui se grave dans le souvenir... (*A madame d'Ancoche.*) A

rison... une vague souple, exquise... je n'ai pas pu résister...

LE DUC, *intéressé.* — Voyons ça?...

MADAME D'ANCOCHE, *à Ariane qui fait un mouvement pour approcher le chevalet.* — Non... il n'y faut pas toucher... le tableau est trop lourd pour le chevalet...

LE DUC. — On me mènera le voir tout à l'heure...

ARIANE, *saisissant le dos du fauteuil et l'amenant rapidement devant le tableau.* — Pourquoi pas tout de suite?...

LE DUC. — En vérité, mademoiselle... je suis consterné de vous donner une peine pareille !... je suis tellement lourd à manœuvrer...

ARIANE. — Lourd?... mais je vous pousserais pendant des heures sans m'en apercevoir... •

LE DUC. — Comme c'est gentil de me dire ça !... je sais que ça n'est pas vrai... mais ça me fait plaisir tout de même !... (*En lui-même, examinant Ariane, qui s'est campée à dix pas*

LA JOLIE FILLE

de lui, *et regarde le tableau dans une pose attentive.*) Saperlipopette! la jolie fille!... et forte comme un petit Turc avec ça!... Elle nous a enlevés, moi et mon énorme fauteuil, comme elle aurait fait de deux plumes... (*Haut.*) Vous aimez la peinture, mademoiselle?...

ARIANE. — Beaucoup...

LE DUC. — Vous peignez?...

ARIANE. — Malheureusement, je n'en ai pas le temps !...

LE DUC. — Ah !... Vous êtes très mondaine?...

ARIANE, *vivement.* — Non !... pas du tout !... mais il y a tant à faire à la maison !...

(*On annonce que le déjeuner est servi. Les deux valets de pied viennent reprendre le fauteuil du duc et l'emmènent à la salle à manger. Ariane et madame d'Ancoche suivent. Ariane s'asseoit entre le duc et sa sœur.*)

LE DUC, *reprenant la conversation où elle en est restée.* — Comment?... une jolie personne comme vous consent à s'occuper des détails d'une maison?...

ARIANE, *rougissante.* — Mais oui... (*Gaiement.*) c'est moi qui fais tout !...

LE DUC, *en lui-même.* — Elle est ravissante !... (*Haut.*) Tout!... c'est trop !... Madame votre mère ne réclame pas ses prérogatives?...

ARIANE. — Non !... Ça la fatigue, maman, de s'occuper de tout ça !... papa aussi...

LE DUC, *riant.* — Oh! « Papa », je le pense!... Je ne me représente pas du tout Montespan homme de ménage...

ARIANE, *riant aussi.* — N'est-ce pas?...

LE DUC, *en lui-même, regardant Ariane.* — Ce que ces figures graves sont jolies quand elles rient !... Voilà une vraie femme... et une femme solide, saine, qui aura de beaux enfants... une belle-fille comme il m'en faudrait une... si j'avais un autre fils?... (*Haut.*) Mais, dites-moi, mademoiselle Ariane?... (*S'interrompant.*)... un joli nom, Ariane?... Comment vous a-t-on donné ce joli nom-là?...

ARIANE. — Vous le trouvez joli?... moi je le trouve un peu trop mythologique... mais c'est un nom que portent toutes les aînées des Montespan... Alors, comme je suis l'aînée...

LE DUC. — L'aînée de combien d'enfants?...

ARIANE. — De onze...

LE DUC, *saisi.* — Ah ! sacrebleu !... (*Ariane rit.*) Pardon, mademoiselle... mais c'est-que ce chiffre m'a ému... Onze enfants !... ce pauvre Montespan a onze enfants !... je n'aurais jamais cru ça !...

ARIANE. — C'est une vraie famille !...

LE DUC, *en lui-même.* — C'est une vraie calamité !... Montespan et sa femme doivent avoir cent cinquante ou cent soixante mille francs de rente... ça ne fera pas gras pour chacun... Celle-ci est assez belle pour se passer de dot... mais les autres ne sont peut-être pas du même modèle... (*Haut.*) Combien de sœurs avez-vous?...

ARIANE. — Huit...

LE DUC, *de plus en plus saisi.* — Oh !... est-ce qu'elles vous ressemblent?...

ARIANE. — Pas du tout !... mes sœurs sont blondes... délicates...

LE DUC, *avec admiration.* — Et vous ne devez pas être délicate, vous?...

ARIANE. — Je n'ai jamais été malade...

LE DUC. — Ça se voit à votre fraicheur...

MADAME D'ANCOCHE. — Ça se voit aussi à son caractère... elle a la plus extraordinaire égalité d'humeur, elle est toujours contente de tout... C'est au point que, lorsqu'elle fait une chose assommante, elle a l'air d'y prendre un plaisir infini...

ARIANE, *modeste.* — Oh ! madame !... vous ne me connaissez pas encore bien !...

MADAME D'ANCOCHE. — Mais si, ma chère enfant... depuis huit jours, je vous

ai vue déjà trois fois, pour essayer de rétablir ces malheureux comptes... et il est impossible de montrer une plus aimable nature...

ARIANE. — C'est que vous êtes très bonne... très bienveillante...

LE DUC, *protestant.* — Bienveillante !... ma sœur?... Ah ! mais non !...

ARIANE, *au duc, mais évitant de répondre à ce qu'il vient de dire de sa sœur.* — Tout à l'heure, vous avez commencé à me demander quelque chose... et puis vous vous êtes arrêté...

LE DUC. — Moi?...

ARIANE. — Oui... vous avez dit : « Dites-moi, mademoiselle Ariane?... » et là, vous vous êtes interrompu pour me dire que mon nom est joli...

LE DUC, *se souvenant.* — Ah !... parfaitement !... je voulais vous demander comment feraient madame votre mère et Montespan pour se passer de vous?...

ARIANE, *air étonné.* — Se passer de moi?... pourquoi se passeraient-ils de moi?...

LE DUC. — Mais tout simplement parce que vous vous marierez...

ARIANE. — C'est peu probable !...

LE DUC, *stupéfait.* — Peu probable?... Ah ça !... Je ne comprends pas?...

ARIANE. — Mais si... je n'ai pas du tout, mais, là, pas du tout l'intention de me marier...

LE DUC, *ahuri.* — Vous voulez rester vieille fille... faite comme vous l'êtes?...

ARIANE. — Et pourquoi donc pas?...

LE DUC. — Mais parce que ça serait fou... fou et abominable...

ARIANE. — Mais non... je n'ai pas, sur le mariage, les idées habituellement reçues...

MADAME D'ANCOCHE. — Quelles idées avez-vous donc, mon enfant?...

ARIANE, *riant*. — Oh ! des idées très bêtes !... (*Sérieuse.*) Je veux, si je me marie, aimer mon mari... Je ne veux pas, en me mariant, accomplir une banale et inquiétante évolution de vie, mais bien un acte doux et sacré qui me remplira de confiance et de joie... Je veux que celui que j'épouserai soit honnête, beau et bon... et décidé à me donner toute sa vie, comme je lui donnerai toute la mienne... (*Le duc est ému. Madame d'Ancoche a les larmes aux yeux.*)

MADAME D'ANCOCHE. — Ma chère petite !...

ARIANE, *redevenue rieuse*. — Quand je vous le disais, que j'avais des idées très bêtes !...

V

PREMIER ENGAGEMENT

A l'hôtel de Bruges.
Toujours dans le même salon. Quinze jours plus tard.

ARIANE, *même toilette austère. Assise au bureau, faisant les comptes de l'œuvre du Repentir Momentané.* — Elle ne rentre pas, madame d'Ancoche!... (*On entend une voiture qui tourne dans la cour.*)... la voilà probablement?... (*Elle se lève et va à la fenêtre.*) Ah!... (*Elle devient très rouge, se retire brusquement et revient s'asseoir au bureau.*)

MADAME D'ANCOCHE, *sortant de sa chambre.* — Tiens!... vous êtes là, ma chère petite? on ne m'a pas prévenue...

ARIANE, *se levant et faisant une révérence.* — Je croyais que vous étiez sortie, madame...

MADAME D'ANCOCHE. — Mais non, pas du tout... j'étais chez mon frère qui avait à me parler... (*Ariane se rassoit.*) Eh bien, ça va-t-il, vos comptes?...

ARIANE. — Pas trop...

MADAME D'ANCOCHE. — Où en sommes-nous?...

ARIANE. — Nous devons huit mille neuf cent soixante-treize francs trente...

MADAME D'ANCOCHE. — Et nous avons en caisse?...

ARIANE. — Cinq mille deux cent six francs soixante-quinze...

MADAME D'ANCOCHE, *saisie.* — En tout?...

ARIANE. — En tout!...

MADAME D'ANCOCHE. — Il faut absolument organiser quelque chose... une vente... une fête de charité... une comédie...

ARIANE. — C'est bien usé...

MADAME D'ANCOCHE. — C'est vrai !... mais quoi faire?...

ARIANE. — Je ne sais pas... il faudrait chercher... trouver quelque chose de neuf... (*On entend rouler dans le salon précédent le fauteuil du duc de Bruges.*) Tiens !... est-ce qu'il est déjà midi?...

MADAME D'ANCOCHE. — Parce que vous entendez mon frère ?... Non... c'est qu'il a quelque chose à vous demander...

ARIANE, *air stupéfait.* — A moi?...

MADAME D'ANCOCHE. — Oui... il veut vous prier d'accorder votre bienveillance à... (*La porte s'ouvre et le fauteuil du duc fait son entrée.*) mais il va vous dire ça lui-même...

ARIANE, *se levant et allant saluer le duc qui lui baise la main.* — Comment allez-vous aujourd'hui?...

LE DUC. — Je vais toujours bien quand je

vous vois... Vous êtes le rayon de soleil qui éclaire ma vieille ombre... (*Un temps. Ariane fait mine de retourner au bureau.*) Voulez-vous m'accorder un instant d'audience?...

ARIANE, *revenant.* — Tout ce que vous voudrez...

LE DUC. — Vous allez, mademoiselle Ariane, voir tout à l'heure mon fils...: (*Mouvement d'Ariane.*) il est ici aujourd'hui et déjeune avec nous...

ARIANE, *rougissante, intimidée.* — Oh!... (*Suppliante.*) permettez-moi de ne pas déjeuner s'il y a quelqu'un?...

LE DUC. — Il n'y a pas quelqu'un... il y a mon fils... et c'est justement de lui que je veux vous parler...

ARIANE, *air interdit.* — Vous voulez me parler de monsieur de Bruges?...

LE DUC. — Oui... Hugues a besoin de beaucoup d'indulgence... de toute votre indulgence... Il est sauvage, rustique, brutal... un vrai ours, enfin...

ARIANE. — Qu'est-ce que ça fait?...

LE DUC. — Ça fait énormément... quand c'est à ce point-là...

ARIANE. — Je suis sûre que vous exagérez...

LE DUC. — Malheureusement non... et non seulement il est hargneux et souvent malappris, mais encore il est vilain comme tout, ce pauvre garçon!... (*Un temps.*) et je ne peux pas comprendre comment ça se fait?... Oui!... je peux bien le dire aujourd'hui que j'ai les cheveux blancs et que je suis tordu par la paralysie et la goutte, mais j'ai été un très beau gars... Ça vous étonne, mademoiselle?... c'est pourtant comme ça... Quant à ma femme, c'était la plus ravissante créature qu'on puisse rêver... un peu votre modèle... Eh bien, je ne m'explique pas comment, à nous deux, nous avons pu fabriquer cet être étrange... que vous allez voir tout à l'heure...

ARIANE. — Je suis sûre que monsieur de Bruges n'est pas si étrange que vous le dites... (*Un temps.*) Mais je vous en prie, monsieur, permettez que je m'en aille!... Je suis ours, moi aussi... et l'idée de voir de nouveaux visages m'intimide énormément... Laissez-moi partir... je viendrai demain finir les comptes et je déjeunerai avec vous... (*A madame*

d'Ancoche, suppliante.) Vous voulez bien, n'est-ce pas, madame?...

MADAME D'ANCOCHE. — Non... je ne veux pas... Voyons, ma chère petite, il faudra toujours bien qu'un jour ou l'autre vous rencontriez mon neveu?... Oh! je sais bien que ce n'est pas amusant... mais c'est forcé... Alors, autant sauter le pas tout de suite?...

ARIANE. — Mais, ça ennuie peut-être monsieur de Bruges de trouver une étrangère entre vous et lui?...

LE DUC. — Ça ne l'ennuie pas, par la très bonne raison qu'il ne sait pas que vous êtes là... s'il le savait, rien ne le déciderait à entrer...

ARIANE, *souriante.* — Mais alors, c'est un vrai guet-apens!...

LE DUC, *écoutant un pas lourd qu'on entend dans le salon précédent.* — Voilà Hugues...

LE MARQUIS HUGUES DE BRUGES, *costume à carreaux, mal fait, trop étriqué, dans lequel sa grosse personne semble mal à l'aise.* — J'avais peur d'être en retard, je... (*Il aperçoit Ariane et s'arrête piqué au milieu du salon, complètement ahuri.*)

LE DUC, *à Ariane.* — Mademoiselle, voulez-vous me permettre de vous présenter mon fils?... (*A Hugues.*) Hugues, c'est mademoiselle de Montespan... de qui tu as si souvent entendu parler à Brigitte...

HUGUES, *saluant gauchement.* — Mademoiselle... je... je... croyez que... (*Il se trouble et bafouille terriblement.*)

ARIANE, *très gracieuse et bonne enfant, tendant la main à Hugues.* — Moi aussi, j'ai beaucoup entendu parler à Brigitte de monsieur de Bruges...

LE DUC, *en lui-même.* — Ah! bien, elle a dû en entendre de belles, alors!... car Brigitte voit son cousin tel qu'il est... et même moins bien...

MADAME D'ANCOCHE, *à Hugues*. — Mademoiselle Ariane veut bien m'aider à faire les comptes de l'œuvre, et...

HUGUES. — Ah !... oui !... *Le Repentir Momentané !...* (*Il rit d'un gros rire.*) Il vit encore, *Le Repentir Momentané ?...* (*Il s'assoit sur un petit fauteuil laqué,*

qui gémit douloureusement sous son poids.)

LE MAITRE D'HOTEL, *ouvrant la porte à deux battants.* — Monsieur le duc est servi !...

HUGUES, *hésitant et regardant alternativement Ariane et madame d'Ancoche.* — Qu'est-ce que... ma tante... (*Il fait un mouvement pour s'avancer vers madame d'Ancoche.*)

MADAME D'ANCOCHE. — Non, offre ton bras à mademoiselle de Montespan... (*On passe dans la salle à manger, Hugues et Ariane se trouvent assis l'un en face de l'autre. Hugues reste abruti, la regardant, sans penser à déplier sa serviette. Ariane ne semble pas s'apercevoir de cette contemplation.*

LE DUC, *à Ariane pour rompre le silence.* — Vous allez avoir une semaine très agitée... votre amie Sabine de Jalon se marie...

ARIANE. — Oui... (*Souriante.*) toutes mes amies se marient...

LE DUC. — Et un de ces jours, malgré votre appréhension du mariage... (*Mouvement de Hugues.*) vous vous déciderez à faire comme elles ?...

ARIANE, *gaiement.* — Je ne crois pas !... il me faut tant de choses... j'ai des idées si saugrenues...

MADAME D'ANCOCHE. — Connaissez-vous le fiancé de Sabine ?...

ARIANE. — J'ai vu monsieur de Galb cinq ou six fois...

LE DUC. — Il est charmant, n'est-ce pas ?...

ARIANE. — Mon Dieu ! si on veut !... moi je ne trouve pas ça... Monsieur de Galb est très blond... et je trouve qu'un homme blond ne peut pas être charmant... (*Hugues écoute avec intérêt, et passe machinalement la main sur sa grosse tête qui ressemble à un hérisson noir.*) et puis, il est si mince... c'est laid d'être si mince que ça !... (*Hugues élargit encore ses énormes épaules qui semblent crever le drap de son vêtement.*)

LE DUC. — Vous êtes sévère !... d'ailleurs, en disant que le petit Galb est charmant, je ne parlais pas seulement de son physique... il a de l'esprit, de l'entrain...

ARIANE. — Trop... il adore le monde !.. Sabine va être obligée de sortir tous les soirs... je la plains beaucoup !...

MADAME D'ANCOCHE, *étonnée.* — Com-

remplacer... c'est-à-dire l'hiver prochain, j'espère bien me dispenser complètement de toutes ces sorties qui ne m'amusent guère...

ON PASSE DANS LA SALLE A MANGER

ment, vous la plaignez?... je croyais que vous aimiez le monde... (*Ariane secoue doucement la tête.*) mais vous sortez énormément?...

ARIANE. — Je sors pour accompagner ma mère, qui, elle, aime beaucoup le monde et préfère ne pas y aller seule... mais dès que ma sœur sera en âge de me

HUGUES, *en extase.* — Est-il possible, mademoiselle, de ne pas aimer le monde, quand on est si bien faite pour y briller?... (*Le duc et madame d'Ancoche se regardent stupéfaits d'entendre parler Hugues, et Ariane rougit jusqu'aux cheveux.*)

LE DUC, *en lui-même.* — Jamais je n'aurais soupçonné cette excellente madame de Montespan d'aimer le monde qui la paie si absolument d'ingratitude...

MADAME D'ANCOCHE, *en elle-même.* — Comment, cette pauvre madame de Montespan aime le monde?... on peut dire que c'est une passion malheureuse, car, outre qu'elle est un paquet des mieux conditionnés, elle a eu pendant quinze ans un enfant chaque année... et c'est à quarante-cinq ans que la soif du plaisir la saisit?... C'est inimaginable?...

HUGUES, *en lui-même, en dévorant des yeux Ariane.* — Comme elle ressemble peu à Brigitte, à Suzanne d'Egyde, à toutes mes cousines et à leurs amies!... Cette belle personne, qui devrait être affolée de plaisir et heureuse de ses succès est, au contraire, calme et simple comme une fleur des champs... elle n'aime pas le monde et elle n'y va que pour accompagner sa mère, sa bonne mère qui a quarante-cinq ans... et qui pourrait à la rigueur y aller toute seule !... (*Attendri.*) Et dire qu'il y a, dans des familles bénies du Très-Haut, des anges ignorés qui vivent de sacrifices... et en meurent même quelquefois...

LE DUC, *à Ariane.* — Eh bien, vous allez avoir beaucoup de soirées !... Mon vieil ami Laubardemont, qui vient me voir tous les jours et me raconte ce qui se passe, m'a dit que ce printemps sera exceptionnellement mouvementé...

ARIANE, *gaiement.* — Oui... mais papa, pour me dédommager des corvées, m'a promis que, cet automne, il me conduirait passer un mois en Bretagne chez ma tante de Kerséver pendant la saison des chasses... Ce que je m'amuserai !... Songez donc!... je chasserai pendant un mois...

HUGUES, *timidement.* — Vous aimez la chasse, mademoiselle?...

ARIANE. — Si je l'aime?... Oh ! oui, je l'aime!... Est-ce qu'on peut ne pas aimer la chasse?... il faudrait être... (*Elle s'arrête court et balbutie.*) Mais vous n'êtes peut-être pas chasseur?...

HUGUES, *protestant.* — Pas chasseur !... (*Rendu éloquent par l'indignation.*) pas chasseur!... mais, mademoiselle, la chasse, c'est ma joie, c'est ma vie... car c'est la vie de tous les gens solides et bien portants... et, grâce à Dieu !... je suis de ceux-là !...

LE DUC, *ahuri, regardant son fils.* — Mais qu'est-ce qu'il a, Seigneur?... qu'est-ce qu'il a?...

HUGUES, *à Ariane.* — Et quelle est la chasse que vous aimez, mademoiselle?... est-ce la chasse anglaise?... (*Méprisant.*) rapide et courte, comme à Rome ou à Pau... ou la chasse française (*Lyrique.*) avec ses défauts, ses longueurs, ses belles randonnées et la musique des chiens?...

ARIANE, *vivement.* — Oh ! je n'aime que la chasse française... et j'en aime tout !... Tout m'amuse... les défauts, les changes, tout, jusqu'aux interminables retraites au pas... sur les routes bien raboteuses... semées de petits cailloux roulants... A la bonne heure !... c'est ça qui est gai !...

HUGUES, *ravi.* — Ah ! mademoiselle, comme vous avez raison !... comme vous comprenez bien le charme de notre vieille chasse française !...

MADAME D'ANCOCHE, *stupéfaite, en elle-même.* — Le voilà qui jabote, à présent !... C'est inouï !...

LE DUC, *ébahi, en lui-même.* — Jamais, depuis trente-sept ans que je le connais... je ne l'ai entendu parler autant...

ARIANE, *à madame d'Ancoche.* — Est-ce que vous irez au mariage de Sabine, madame?...

MADAME D'ANCOCHE. — Je ne sais pas trop... les mariages, je trouve ça triste !...

ARIANE. — Moi aussi !... je n'y vais que quand je ne peux pas faire autrement...

HUGUES. — Mademoiselle... (*Il hésite.*) vous disiez... vous disiez tout à l'heure...

ARIANE. — Je disais quoi?...

HUGUES, *de plus en plus troublé.* — Que... que vous ne vous marieriez probablement pas?... (*Ariane fait un geste affirmatif.*) parce que... vous aviez des idées...

ARIANE. — Des idées?...

HUGUES. — Des idées... (*Résolument.*) saugrenues?...

ARIANE, *riant.* — Oui !... c'est vrai... j'ai des idées saugrenues !...

HUGUES, *anxieux.* — Qui sont?...

ARIANE, *gaiement.* — Comme vous êtes curieux !... Eh bien, d'abord, je veux que mon mari m'adore... qu'il me trouve parfaite...

HUGUES, *avec un gros rire.* — Pour ça, vous n'avez pas à vous tracasser!... Et après?...

ARIANE. — Après?... je veux l'adorer aussi... le trouver charmant...

HUGUES, *anéanti.* — ! ! !. . . .

VI

PRÉTEXTE

A l'hôtel de Bruges.
Dans la chambre du duc de Bruges.

MADAME D'ANCOCHE, *elle entre chez son frère.* — Tu as quelque chose à me dire?...

LE DUC. — Oui!... figures-toi que je viens de recevoir une lettre de Hugues...

MADAME D'ANCOCHE. — Il ne vient pas... ou il change de jour pour ne plus rencontrer la petite Montespan?...

LE DUC. — Au contraire... Tiens! (*Il lui donne une lettre.*) lis ça?...

MADAME D'ANCOCHE, *elle lit, haut :*

« Mon cher papa,

» J'arriverai demain mardi comme à l'habitude, mais cette fois-ci je resterai un peu plus longtemps si vous me le permetez... »

(*Elle s'interrompt.*) Permettez avec un seul *t!...* Seigneur !... il fait de plus en plus de fautes !...

LE DUC. — C'est pas étonnant !... il n'a jamais pu apprendre l'orthographe autrefois... et comme, à présent, il n'ouvre jamais un livre, ni un journal... il n'a pas la ressource de l'apprendre avec son œil... comme font beaucoup de gens...

MADAME D'ANCOCHE, *reprenant sa lecture*. — « Je me décide à présenter à « l'Hipique *Hercule et Apolon*... »

— Hippique avec un seul *p* !...

LE DUC. — Et Apollon avec un seul *l* !... oui, j'ai vu... c'est horrible !...

MADAME D'ANCOCHE, *reprenant* : « ...et « *Apolon* qui sont bien réussi... »

LE DUC. — *S*, *i*, si...

MADAME D'ANCOCHE. — Oui... mais enfin, ça, c'est un participe... (*Elle reprend.*)

« ... bien réussi probablement je pré-
« senterai aussi sur les obstacles mon
« cheval de chasse gris *Crésus* qui saute
« vraiment de premier ordre.
» Mon cher papa je viendrai demain
« à la même heure qu'à l'ordinaire avec
« les trois chevaux et deux hommes pour
« les soigner si ça vous gênerais de loger
« tout cela à la maison je les logerai ail-
« leur je vous embrasse de tout mon
« cœur mon cher papa ainsi que ma tante
» votre fils respectueux et afectioné

» HUGUES »

— Pas un point ni une virgule !...

LE DUC. — Ni une majuscule... Et... qu'est-ce que tu penses de cette lettre... orthographe à part?...

MADAME D'ANCOCHE. — J'en suis ébahie !... il a évidemment un motif pour venir à Paris... car il a toujours élevé de beaux chevaux et eu des chevaux de chasse qui sautaient bien, et jamais l'idée ne lui est venue de les présenter au Concours hippique...

LE DUC. — Alors qu'est-ce que tu crois?...

MADAME D'ANCOCHE. — Qu'il aura fait la connaissance de quelque cocotte... il y en a souvent à Moret, des cocottes !...

et ça n'est pas loin des Hautes-Futaies...

LE DUC. — Il y en a, mais pas l'hiver... non... Moi j'ai peur qu'il ne soit amoureux de la petite Montespan...

MADAME D'ANCOCHE, *saisie*. — Lui?... Allons donc, c'est impossible !... Avec ses goûts grossiers, il ne peut pas être amoureux d'Ariane... elle n'a rien de ce qu'il faut pour lui plaire...

LE DUC. — Hé, hé !... elle a ce qu'il faut pour plaire à tout le monde... aussi bien à un grossier qu'à un raffiné... (*Mouvement de madame d'Ancoche.*) Oui... tu ne te rends pas compte de ça... parce que tu es une sainte femme qui n'a jamais connu grand'chose à l'amour ni à tout ce qui s'ensuit... mais Ariane est, avant tout, une superbe fille... très excitante, très troublante, et, comme on dit aujourd'hui, éminemment suggestive... Il est inutile d'avoir une âme pour la comprendre, il suffit d'avoir des yeux pour la regarder... et Hugues en a...

MADAME D'ANCOCHE, *ravie*. — S'il se pouvait que ton fils s'éprît d'Ariane de Montespan, j'en remercierais Dieu de toutes mes forces...

LE DUC. — Tu aurais tort... car ce serait un vrai désastre... Naturellement elle ne voudrait pas de lui...

MADAME D'ANCOCHE, *réfléchissant*. — Non, évidemment... mais enfin ça prouverait toujours qu'il est susceptible de remarquer une femme qui n'est ni une maritorne ni une fille, et nous pourrions espérer le voir se marier un jour...

LE DUC. — Étant donnés l'entêtement et la violence de Hugues, s'il veut mademoiselle de Montespan, il se butera et n'en voudra pas d'autre qu'elle... et il retournera plus que jamais à ses goûts ignobles... J'avais espéré qu'un jour il consentirait à se marier... et que, alors, nous lui trouverions une brave **fille**, pas extraordinaire, mais **suffisamment** née et bien tournée, **qui aurait** le bon esprit de ne voir que son nom et son énorme fortune... car Hugues aura certainement, quand **toi** et **moi nous** serons morts, la plus grosse fortune de France... je parle, bien entendu, des fortunes honorables...

MADAME D'ANCOCHE. — Quel revenu a Hugues, à présent?...

LE DUC. — Quatre cent quatre-vingt mille francs... il en dépense à peine trois cents... je lui place le reste... Moi, j'ai huit cent mille francs de rente... toi six cents... tu n'as qu'à voir le gentil petit total que ça fera...

MADAME D'ANCOCHE. — Le fait est qu'avec ça, on peut épouser n'importe qui...

LE DUC. — Excepté une femme qui veut avant tout un mari qu'elle aime et qu'elle admire... et c'est précisément le cas... Eh bien, si, comme je le crains, Hugues est toqué de mademoiselle de Montespan, il est allé se toquer précisément de la seule femme qu'il ne puisse pas obtenir à prix d'argent...

MADAME D'ANCOCHE. — Ce pauvre garçon !... ça serait désolant... car il est désagréable et vilain, mais pas méchant, après tout...

LE DUC. — Pas méchant... mais pas excellent non plus... enfin, il est comme il est... nous n'y pouvons rien !... (*Un temps.*)

MADAME D'ANCOCHE. — Il est possible aussi que tu te trompes en supposant que c'est pour Ariane qu'il vient... c'est peut-être réellement pour le Concours hippique...

LE DUC. — C'est possible... mais ça m'étonnerait !... elle vient aujour-d'hui, mademoiselle de Montespan?...

MADAME D'ANCOCHE. — Elle est là...

LE DUC. — Hugues va arriver d'ici peu de temps... il est onze heures... moi, je vais aller vous rejoindre au salon dans un instant...

MADAME D'ANCOCHE. — Mais tu ne descends ordinairement qu'à midi moins quelques minutes...

LE DUC. — Je descends toujours de bonne heure quand la belle Ariane est là... Oui... j'ai beau avoir une paralysie et soixante-cinq ans, sa vue me ragaillardit... et je me rends compte que Hugues... Enfin, suffit !...

Dans le salon.

ARIANE, *même robe de bure, même coiffure sévère.* — Nous avons, cette fois, deux mille deux cent quarante-deux francs trente-cinq centimes...

MADAME D'ANCOCHE. — Et nous devons?...

ARIANE. — Neuf mille huit cent quatre-vingt-quatorze francs vingt centimes...

MADAME D'ANCOCHE. — Je comblerais bien volontiers ce déficit... mais je crains que madame de La Balue, notre présidente honoraire, ne croie que j'aie l'idée de prendre ainsi une prépondérance que...

ARIANE. — Et puis, une vente ou une fête de charité, ça amuse... c'est un prétexte à réunions, à... (*S'arrêtant.*) je ne dis pas ça pour moi que toutes ces choses ennuient, mais parce que je sais, par tout ce que j'entends, que ces fêtes sont un véritable réjouissement pour ces dames... et aussi pour ces demoiselles... (*Un temps.*) Je trouve ça superbe !...

MADAME D'ANCOCHE. — Quoi?...

ARIANE. — D'aimer le monde !... (*On*

C'EST MONSIEUR DE BRUGES AVEC DEUX VOITURES...

entend ouvrir et refermer les portes co-
chères. Bruit, piétinement de chevaux dans
la cour.)

MADAME D'ANCOCHE, *qui ne pense plus
à l'arrivée de son neveu.* — Qu'est-ce que
c'est que ce vacarme?...

ARIANE, *allant à la fenêtre.* — C'est
monsieur de Bruges... avec deux voitures... et des chevaux superbes... Oh !
les beaux chevaux !...

MADAME D'ANCOCHE. — Ce sont les
chevaux qu'il vient présenter au Concours hippique... (*Ariane se rassoit au
bureau.*) car il vient passer quelque
temps avec nous, mon neveu... et il y a
au moins dix ans que ça ne lui est arrivé...
(*Ariane ne paraît pas avoir entendu.*)

MADAME D'ANCOCHE, *en elle-même.* —
Elle ne dit rien... mais ça n'a pas l'air
de l'enthousiasmer... (*On amène dans le
salon le fauteuil du duc. Ariane va au-
devant de lui. Saluts, etc... etc...*)

LE DUC. — Voilà mon fils qui arrive de
la campagne amenant des chevaux pour
le Concours hippique...

ARIANE. — Je viens de les voir dans la
cour... ils m'ont paru très beaux... (*Elle
retourne au bureau et recommence à
écrire.*)

LE DUC. — Mademoiselle Ariane?...
(*Ariane lève la tête.*) Comment l'avez-
vous trouvé l'autre jour?...

ARIANE. — Qui donc?...

LE DUC. — Mon fils?...

ARIANE, *timide.* — Mais... je l'ai si
peu vu...

LE DUC. — Peu vu... le déjeuner a
duré une heure... et vous nous avez
ensuite permis de vous enfumer pendant
une autre heure au salon...

ARIANE, *hésitante.* — Mais, monsieur...
je... en vérité... je ne sais pas !...

LE DUC, *en lui-même.* — Elle le trouve

affreux, parbleu !... c'est clair !... (*La
porte s'entr'ouvre et Hugues entre gauchement, en se glissant de côté, comme un
paysan.*)

LE DUC. — Ah ! te voilà ! (*En lui-
même.*) Quel costume, Seigneur !... il a
l'air d'un bookmaker de dernière caté-
gorie !...

HUGUES, *costume faux anglais à énormes
carreaux mêlés de vert, de jaune et de rouge
sur fond marron. Bottes de cuir jaune, qui
dessinent des mollets énormes.* — Oui,
papa !... (*Il salue Ariane, qui lui tend la
main et reprend ensuite ses écritures sans
plus s'occuper de lui. Puis, il va embrasser
madame d'Ancoche et le duc.*)

LE DUC. — Tu es donc venu à cheval
que tu es en bottes?...

HUGUES. — Oui, papa... Je ne voulais
pas énerver *Crésus* en le faisant voyager
en chemin de fer... et comme je ne le
laisse monter à personne...

LE DUC. — Comment, tu ne le laisses
monter à personne?... Eh bien, le Concours hippique?...

HUGUES. — Quoi... le Concours hippique?...

LE DUC. — Mais je croyais que tu
voulais le présenter aux obstacles... Il
faudra bien qu'on le monte?...

HUGUES. — Ben, oui !...

LE DUC. — Qui est-ce qui le montera?...

HUGUES. — Ben, moi, donc !...

LE DUC, *stupéfait.* — Toi?... tu mon-
teras au Concours hippique?...

HUGUES, *vexé.* — C'est si extraordinaire que ça?...

LE DUC. — Dame ! tu pèses cent dix
kilos, mon ami... et l'idée de te voir faire
le parcours du Concours hippique m'inquiète un peu...

HUGUES. — Mais je monte...

LE DUC. — Oh ! c'est pas pour toi !...

c'est pour ton cheval que ça m'inquiète !... et puis, c'est si peu dans tes allures habituelles de te donner en spectacle, que je ne croyais pas...

HUGUES. — Si... si... je monterai moi-même *Crésus* qui me porte très facile-

HUGUES. — Si vous me permettez de vous les montrer après le déjeuner?...

ARIANE. — Très volontiers... les chevaux m'intéressent tant !... tous les animaux, d'ailleurs !...

HUGUES. — Moi, en fait d'animaux je

ment... (*On annonce le déjeuner. Hugues offre le bras à Ariane.*)

HUGUES, *au duc*. — Vous n'avez pas vu *Hercule* et *Apollon* depuis un an, papa?... ils sont devenus chics, ces chevaux-là, je vous en réponds !...

ARIANE. — Ils sont splendides...

HUGUES, *vivement*. — Vous les avez vus?...

ARIANE. — Oui... tout à l'heure... dans la cour... quand vous arriviez...

ne m'intéresse qu'aux chevaux, aux chiens et aux bêtes de chasse... et encore aux bêtes noires, parce que les autres...

ARIANE. — Vous chassez le sanglier?...

HUGUES. — Quand je peux... (*Un temps.*) Est-ce que vous avez élevé des chevaux?...

LE DUC. — Comment veux-tu que mademoiselle de Montespan ait élevé des chevaux, voyons?...

HUGUES. — Dame... elle aurait pu...

on fait ça aussi bien qu'autre chose...

LE DUC, *en lui-même.* — Il est indécrottable, ce garçon-là !...

ARIANE. — Hélas ! non, je n'ai pas pu !... c'eût été mon plus grand plaisir... mais papa ne s'occupe guère de chevaux...

HUGUES. — Monsieur de Montespan... (*Au duc.*) est-ce que ce n'est pas le monsieur qui s'occupe d'art?...

LE DUC, *agacé.* — « Le monsieur » qui s'occupe d'art?... On croirait vraiment qu'il n'y en a qu'un au monde !...

HUGUES. — Au monde, je ne sais pas... mais dans notre monde, y en a pas des flottes, toujours !...

ARIANE, *riant.* — C'est vrai !...

HUGUES, *à Ariane.* — Est-ce que vous y connaissez quelque chose, vous, à l'art?...

ARIANE, *toujours souriante.* — Mon Dieu... pas grand'chose !...

HUGUES, — Vous avez bien raison !... après le déjeuner, nous irons regarder les chevaux, ça vaudra mieux !...

MADAME D'ANCOCHE. — Tu l'as déjà dit...

HUGUES. — Ça ne vous amuse pas, vous, ma tante, les chevaux !... Vous aimez mieux vous occuper des petits Chinois... ou des jeunes personnes du *Repentir Momentané?*...

MADAME D'ANCOCHE, *pointue.* — En effet !...

HUGUES. — C'est un tort !... Vous ne savez pas à quel point on s'intéresse aux bêtes qu'on élève?... non pas comme cœur, mais comme amour-propre... ainsi, voilà *Apollon*, n'est-ce pas?... Eh bien, cette bête-là m'a donné un mal inimaginable... elle a eu toutes les saletés qu'on peut avoir... (*Mouvement de madame d'Ancoche.*) Oui... il a commencé par avoir la gourme... après ça

il a eu des formes... et puis, une seime... une seime énorme !... il a fallu mettre des agrafes !... et, pour finir, un crapaud... et un beau crapaud, je vous en réponds... que ça puait quand on entrait dans l'écurie... Vous n'avez pas idée de ça !...

LE DUC, *absolument énervé.* — Tu ne pourrais pas, à table, choisir un autre sujet de conversation?... (*En lui-même, regardant Ariane qui ne mange plus.*) Cette jeune fille ne remettra pas le pied ici tant qu'il y sera, c'est sûr !...

HUGUES, *naïvement.* — Mon Dieu, papa, je parle des choses que je connais !... Si, au lieu d'élever des chevaux, j'étais, par exemple, étudiant en médecine, ben, vous en entendriez bien d'autres !...

LE DUC. — C'est bon... c'est bon !...

HUGUES. — Ah !... à propos !... Quel est le tailleur qui fait le mieux les habits rouges?... Vous devez savoir ça, vous, papa, qui étiez un homme si chic dans le temps, il paraît?...

LE DUC. — Les habits rouges?... pourquoi faire?...

HUGUES. — Ben, pour que j'en fasse faire un !... c'est pour ça que je suis venu huit jours avant le concours...

LE DUC, *saisi.* — Un habit rouge... toi?... mais tu es fou?...

HUGUES, *vexé.* — Je ne peux pas mettre un habit rouge?...

LE DUC. — Non, mon enfant, quand on est gros comme toi, on ne s'habille pas comme si on était mince... ou, au moins, comme si on était dans des proportions ordinaires...

HUGUES. — Mais je ne suis pas tellement gros !...

MADAME D'ANCOCHE. — Tu es trop gros pour l'habit rouge...

HUGUES. — Je ne trouve pas !... C'est une idée que vous vous faites...

LE DUC. — Tiens !... demande à mademoiselle de Montespan, tu verras?...

ARIANE. — Mais... je ne trouve pas que monsieur de Bruges soit gros...

LE DUC, *ahuri*. — Ah !...

ARIANE. — Il est large... fortement

HUGUES, *la regardant avec admiration.* — Maigre???... (*Un temps.*) Alors, vous marchez beaucoup?... Où marchez-vous?...

ARIANE. — Au Bois...

HUGUES. — Aux Acacias?...

A LA CASCADE, A BAGATELLE...

charpenté... mais pas ce qui s'appelle gros...

HUGUES, *triomphant.* — Vous voyez?...

LE DUC. — . . . .

HUGUES. — Je fais trop d'exercice pour être gros...

LE DUC, *en lui-même.* — Mais tu bois trop pour être mince...

ARIANE. — Oui... l'exercice empêche d'engraisser... Ainsi moi, je marche beaucoup... c'est pour ça que je suis maigre...

ARIANE. — Oh ! non !... dans les endroits déserts... Je ne suis pas mondaine, moi !... je vais à la Cascade, à Bagatelle...

HUGUES. — Le matin ou le soir?...

ARIANE. — Le matin... quand je ne viens pas ici... Aujourd'hui, j'irai vers cinq heures...

HUGUES. — Avec qui?...

LE DUC, *en lui-même.* — Est-il mal appris et vulgaire, avec son interrogatoire !...

ARIANE. — Quelquefois avec papa... ou avec mes frères... ou avec mes sœurs et la gouvernante...

MADAME D'ANCOCHE, *se levant de table.* — Ma petite Ariane, nous allons finir nos comptes...

HUGUES. — Nous allons d'abord voir les chevaux...

LE DUC. — Mais laisse donc mademoiselle de Montespan... Tu l'assommes avec tes chevaux !...

HUGUES, *à Ariane.* — Est-ce que je vous assomme?...

ARIANE, *très correcte.* — Pas du tout, monsieur !...

VII

COMME PAR HASARD

Au Bois le matin.

Dans une allée derrière Bagatelle.

ARIANE, *robe de cachemire de l'Inde gris cendre. Elle descend d'un coupé et en fait descendre ses deux petits frères.* — Qu'est-ce que vous voulez faire, mes enfants?... voulez-vous vous promener sous bois ou suivre la route des voitures?...

HENRY DE MONTESPAN, *quatorze ans. Grand, svelte, l'air distingué. Déjà un peu gommeux.* — Restons sur la route des voitures, c'est moins embêtant!...

ARIANE. — Tu sais qu'on te défend de te servir du mot embêtant?...

HENRY. — Je sais bien!... mais on ne sait pas comment dire c'est embêtant, alors?...

ARIANE. — Encore?... tu le fais exprès!...

JEAN DE MONTESPAN, *douze ans. Un bon petit gros réjoui. L'air intelligent et heureux de vivre.* — Ben, si on peut même plus parler comme on veut quand on s'promène!...

ARIANE. — Toi, tu me feras le plaisir de ne pas répondre quand je fais une observation à ton frère...

JEAN, *entre ses dents.* — Ah! zut!...

ARIANE, *sévère.* — Qu'est-ce que tu as dit?...

JEAN. — Tu as bien entendu...

ARIANE. — Non...

JEAN. — Ben, si on te l'demande, tu

diras qu'tu n'sais pas !... (*Henry lui fait signe de se taire.*)

ARIANE. — Si tu es malhonnête, je vais te faire rentrer...

JEAN. — J'aime autant !... (*Ariane se retourne pour voir si la voiture suit.*) oui...

ARIANE, *à Henry.* — Ton frère devient un enfant parfaitement désagréable et mal élevé...

HENRY, *regardant d'un œil attendri la bonne figure fraîche de Jean.* — Il est rudement gentil, tout de même !...

V'LA UN MARCHAND DE CHEVAUX QUI T'SALUE...

oui... l'est là, l'coupé !... (*Un temps.*) Eh ben, tu n'me renvoies pas?...

ARIANE. — Je te pardonne...

JEAN. — J'te l'ai pas d'mandé !... c'est que j'aimerais autant rentrer... t'es si tellement rasante !...

ARIANE, *toujours calme et digne.* — Tu emploies de jolis mots... qui est-ce qui te les apprend?...

JEAN. — P't'être bien qu'c'est m'sieu l'abbé... (*Il s'en va les mains dans ses poches en sifflotant.*)

ARIANE, *à Jean.* — Ote tes mains de tes poches... (*Jean ôte ses mains.*) (*Un phaéton conduit par Hugues de Bruges les dépasse. Hugues se retourne et salue Ariane.*)

ARIANE, *ne semblant pas l'avoir vu, et regardant du côté du Bois.* — Je suis sûre qu'il y a déjà des violettes?...

JEAN, *à Ariane.* — Tiens !... v'là un marchand d'chevaux qui t'salue...

ARIANE, *très rouge, air surpris.* — Où donc?...

JEAN. —Là, tiens !... c'gros-là !... d'ailleurs, comme y a qu'lui d'voiture...

ARIANE. — Ce n'est pas un marchand de chevaux...

JEAN. — Enfin, un piqueur si tu aimes mieux ?...

ARIANE. — C'est le marquis de Bruges...

JEAN, *ahuri*. — C't homme-là ?...

HENRY, *stupéfait*. Pas possible !... (*Hugues, qui a marché pendant quelques centaines de mètres, revient sur ses pas et resalue Ariane qui persiste à regarder le Bois.*)

HENRY, *examinant Hugues*. — C'est égal, j'aurais jamais cru...

JEAN. — C'est des chics chevaux, toujours !... (*Hugues s'arrête, met pied à terre et se dirige vers Ariane et les enfants.*)

JEAN, *se retournant*. — Ariane ?... tu sais qu'y nous court après ?...

ARIANE. — Mais ne te retourne donc pas comme ça... c'est on ne peut plus mal élevé, ce que tu fais là !...

HUGUES, *son même costume à carreaux. Un melon pain brûlé à tout petits bords, sous lequel sa figure paraît énorme. Gants rouge limace. Pieds et chaussures extraordinaires. Rejoignant Ariane.* — Je vous prie de m'excuser... je... il m'a semblé... (*Il balbutie gauchement.*)

ARIANE, *étonnée et gracieuse*. — Ah !... monsieur de Bruges !...

JEAN, *à Henry*. — On dirait qu'elle le voit seulement maint'nant !...

HENRY, *très bas*. — Tais-toi donc !... tu vas encore nous faire attraper...

HUGUES. — Il m'avait bien semblé que vous ne m'aviez pas vu... Tenez, vous n'aviez pas pu juger mes élèves... (*Il lui montre les chevaux bien campés au bord de la route.*) A l'écurie, ça ne dit

SE DIRIGE VERS ARIANE

jamais grand'chose... Comment les trouvez-vous ?...

ARIANE. — Superbes !...

HUGUES. — N'est-ce pas ?... et regardez-moi ces jambes-là ?... c'est net, c'est sec... c'est-à-dire que cette paire de chevaux-là vaut dix mille francs comme un sou...

JEAN, *à Henry*. — Ben, quand y parle, il a encore plus l'air d'un marchand d'chevaux qu'avant...

HUGUES, *à Ariane*. — Vous allez par là ?...

ARIANE. — Oui...

HUGUES, *tortillant gauchement le bord de son chapeau.* — Est-ce que je peux aller avec vous?...

JEAN, *à Henry.* — Comment, y va v'nir avec nous, c't'affreux-là?...

ARIANE, *l'air troublé.* — Mais non... ça ne serait pas très... (*Souriant.*) très correct...

HUGUES, *navré.* — Ah !... (*Un temps.*) alors, vous ne voulez pas?...

ARIANE. — Mais je ne peux pas vouloir... je suis seule avec mes petits frères... il faut que je les promène...

JEAN, *à part.* — Elle se dévoue !...

HUGUES. — Est-ce que vous viendrez demain faire les comptes de la bonne œuvre de ma tante?...

ARIANE. — Demain?... (*Semblant chercher.*) quel jour est-ce donc demain?... Lundi?... Ah! oui, j'irai chez madame d'Ancoche... je n'y pensais plus !...

HUGUES. — Et vous déjeunerez?...

ARIANE. — Je déjeunerai si nous n'avons pas terminé avant midi...

HUGUES, *il la dévore des yeux.* — Oh !... il faut bien espérer que vous n'aurez pas terminé?...

HENRY, *à Jean.* — Vois donc comme il regarde Ariane, ce monsieur !... j'ai idée qu'il la trouve très bien...

JEAN. — Ça en a l'air... et c'est pas étonnant... car pour être jolie, elle l'est !...

HENRY. — C'est vrai !... (*Avec conviction.*) Elle est aussi jolie qu'une cocotte !...

HUGUES, *à Ariane.* — Alors... comme ça, je vais vous laisser continuer votre promenade... puisque... (*Même tortillement de chapeau.*) puisque vous ne voulez pas que j'aille avec vous?...

ARIANE, *elle lui tend la main.* — Au revoir !...

HUGUES, *il prend la main d'Ariane et devient très rouge.* — Au revoir... (*Il garde la main.*) A demain !... (*Un temps.*)

JEAN, *montrant à Henry Hugues qui reste immobile, les yeux baissés, tenant toujours la main d'Ariane.* — Y va s'endormir !...

ARIANE, *elle dégage doucement sa main.* — A demain... (*Elle s'éloigne suivie de ses frères. Hugues reste planté sur le trottoir sans bouger.*)

JEAN, *se retournant.* — Tiens !... Y s' tricote pas vite, ton monsieur !...

ARIANE. — Je t'ai déjà défendu de te retourner...

JEAN. — J' sais bien, mais si j' faisais rien de c' que tu m' défends, j' ferais pas grand'chose... (*Un temps.*) Y vient à la maison, c' monsieur-là?...

ARIANE. — Non... il n'habite pas Paris...

JEAN. — Alors, comment l' connais-tu?...

ARIANE. — Je le vois chez sa tante, madame d'Ancoche...

JEAN. — Il est rud'ment vilain, toujours !...

ARIANE. — Il est bon... il aime beaucoup son père...

JEAN. — Moi aussi, j'aime beaucoup p'pa... Henry aussi... y a pas besoin pour ça d'avoir une tête de veau, et des genoux qui ressemblent à des échaudés...

HENRY. — Et ses pieds?... t'as vu ses pieds?...

JEAN. — Oui... on dirait qu'au lieu d' doigts, c'est des noix qu'y a dans ses bottines...

ARIANE, *pointue.* — Il faut être bien sûr de son physique pour critiquer ainsi celui des autres...

JEAN. — J'suis pas autrement sûr du mien... j'sais bien que j'suis pas joli,

joli... mais j'ai une bonne grosse pomme... j'suis pas dégoûtant...

ARIANE. — Monsieur de Bruges non plus n'est pas dégoûtant...

JEAN. — Ça dépend des goûts !... (*Un temps.*) Il est marié?...

ARIANE. — Non...

JEAN. — Ben, j' l'épouserais pas !...

ARIANE, *riant.* — Et lui non plus ne t'épouserait pas !...

JEAN. — Parc' que?...

ARIANE. — Parce qu'il ne veut pas se marier...

JEAN. — Comment l' sais-tu?...

ARIANE. — C'est sa tante qui me l'a dit... et son père aussi...

HENRY. — Pourquoi ne veut-il pas?...

ARIANE. — Je n'en sais rien...

JEAN. — C'est p' t' être bien parce qu'il a un' cocotte...

ARIANE, *vivement.* — Mais pas du tout !...

JEAN. — Y t'a dit qu'non...

ARIANE. — Monsieur de Bruges ne m'a rien dit... C'est toi qui dis des choses stupides... et desquelles un enfant de ton âge ne devrait jamais s'occuper...

JEAN. — J' m'en occupe pas non plus... c'est en l'air... J'entends toujours dire qu'ceux qui s'marient pas, c'est qu'ils ont des cocottes... v'là tout !...

ARIANE, *agacée.* — Tais-toi !...

JEAN. — J' veux bien !... (*Un silence.*)

HENRY. — Est-ce qu'il est riche?...

ARIANE. — Qui?...

HENRY. — L' monsieur qui s' mariera pas?...

ARIANE. — Je crois que son père a une belle fortune...

HENRY. — Ben, alors, il devrait lui faire faire d'autres vêtements que ça?...

JEAN. — Le fait est qu'il est sal'ment habillé, ton monsieur !...

ARIANE. — Mais ne l'appelle donc pas « mon » monsieur... c'est ridicule !...

JEAN. — J'ai oublié son nom?...

ARIANE. — Monsieur de Bruges...

JEAN, *se retournant pour regarder une voiture qui arrive derrière eux.* — Tiens !... le r'voilà encore !... (*Hugues dépasse et salue.*) Dis donc, Ariane?...

ARIANE. — Qu'est-ce que tu veux?...

JEAN. — J'veux t' dire qu'y m'a l'air de pas t' trouver vilaine, tu sais?...

ARIANE, *très rouge.* — Tu ne sais ce que tu dis... Monsieur de Bruges ne s'occupe pas de moi...

JEAN. — Pas l'effet qu' ça fait, toujours !... T'as pas besoin d'hausser les épaules si fort que ça... Y s' rinçait l'œil tout à l'heure en te r'gardant...

ARIANE. . . . .

JEAN. — Et tu l' voyais bien?...

ARIANE. — En vérité, tu rêves !...

JEAN. — Que non, qu'je n' rêve pas !... pas, Henry?...

HENRY, *qui a une peur bleue de sa sœur et qui craint de se compromettre.* — Je ne sais pas... je n'ai pas vu...

JEAN, *irrité.* — T' es lâche, toi, quand tu t'y mets !... (*Courant au-devant d'un monsieur qu'on aperçoit sous bois.*) Oh !... papa !...

ARIANE, *à M. de Montespan.* — Je croyais que vous ne sortiriez pas ce matin...

M. DE MONTESPAN. — Moi aussi je croyais que je ne sortirais pas... et puis, je me suis décidé à venir au-devant de vous... j'ai reconnu de loin la voiture... Avez-vous rencontré des gens de connaissance?...

JEAN. — Non, p'pa... c'est-à-dire si... un monsieur à carreaux qu' nous connaissons pas... C'est Ariane qui l' connaît... même qu'y voulait s' promener avec nous...

M. DE MONTESPAN. — Qu'est-ce que tu me chantes?...

JEAN. — C'est...

ARIANE, *l'interrompant.* — C'était monsieur de Bruges, papa...

M. DE MONTESPAN, *surpris.* — Comment!... il sort ce pauv' Bruges?... il va donc mieux?...

ARIANE. — Ce n'est pas le duc... c'est son fils...

M. DE MONTESPAN. — Ah !... je me disais aussi... (*Un temps.*) Comment connais-tu Hugues de Bruges, toi?... je croyais qu'il ne quittait jamais les Hautes-Futaies?...

ARIANE. — Il vient voir son père... et quelquefois, quand je vais chez madame d'Ancoche pour les comptes de l'œuvre dont maman est trésorière, je le vois... Dans ce moment, il est ici pour le Concours hippique...

M. DE MONTESPAN. — Tu ne nous as jamais parlé de lui... je sais bien qu'il est peu intéressant...

ARIANE. — Pourquoi?... Je trouve qu'on est sévère pour monsieur de Bruges...

M. DE MONTESPAN. — Parce que tu es la bienveillance et la charité mêmes, car il est abominable, entre nous soit dit... et bête aussi... Il n'a pour lui que son argent...

JEAN, *curieusement.* — Il est riche?...

M. DE MONTESPAN. — C'en est dégoûtant !...

JEAN, *regardant du coin de l'œil sa sœur qui ne bronche pas.* — Ah ben, y faut ça !... car y n'est pas beau, beau... (*A Ariane.*) Tu entends?...

ARIANE, *qui semble être à cent lieues de là.* — J'entends, quoi?...

JEAN. — Que monsieur de Bruges est riche que c'en est dégoûtant !...

ARIANE. — Oui... et puis?... qu'est-ce que tu veux que ça me fasse?... (*Hugues repasse encore une fois. Salut.*)

M. DE MONTESPAN, *il salue sommairement.* — Qu'est-ce que c'est que cet individu?...

JEAN. — Ben, c'est lui... c'est monsieur de Bruges...

M. DE MONTESPAN, *complètement ahuri.* — Oh ! sapristi !... Je ne le croyais tout de même pas si mal que ça !...

VIII

INSINUATIONS

A l'hôtel de Bruges.

Dans le cabinet de travail du duc de Bruges.

LE DUC, *cachetant une lettre qu'il vient d'écrire, à Hugues, qui lit un journal de sport.* — Veux-tu sonner pour qu'on porte cette lettre?...

HUGUES. — Oui, papa... (*Il se lève et sonne. En venant se rasseoir, il aperçoit la lettre posée au bord du bureau, qui est adressée au marquis de Montespan.*) Si vous vouliez... je pourrais bien vous la porter, votre lettre?... ça me promènerait... j'ai besoin de remuer...

LE DUC. — Non... parce qu'il y a une réponse...

HUGUES. — Qu'est-ce que ça fait?...

LE DUC. — Ça fait que tu ne peux pas attendre une réponse chez les Montespan comme un domestique...

HUGUES. — Mais pourtant...

LE DUC. — Et à neuf heures du matin

HUGUES, *inquiet.* — Vous écrivez à monsieur de Montespan?... Je croyais que c'était aujourd'hui que mademoiselle Ariane devait venir travailler avec ma tante?...

LE DUC. — Oui... Eh bien?...

HUGUES, *rassuré.* — Ah !... bon !...

très bien !... c'est que... comme vous écriviez à son père, je craignais qu'elle ne vînt pas...

LE DUC. — Si, elle vient !... du moins, je le crois... c'est, d'ailleurs, au sujet de sa fille que j'écris à Montespan...

HUGUES, *intrigué*. — Ah ! c'est au sujet de...

LE DUC. — Oui... c'est pour un mariage... (*Mouvement de Hugues.*) un mariage superbe...

HUGUES. — Avec qui?...

LE DUC. — Avec Hector de Milfeuil...

HUGUES, *les yeux baissés, la voix rauque*. — Ça se fait?...

LE DUC. — Non !... ça ne marche pas du tout !... pas jusqu'ici, du moins !... La petite ne veut pas...

HUGUES, *ravi, mais toujours les yeux baissés*. — Pourquoi?...

LE DUC. — Parce que... pour des raisons absurdes !... il ne lui plaît pas !...

HUGUES. — Il est bien?...

LE DUC. — Charmant !... il aura deux cent cinquante mille livres de rente à la mort de sa mère, et, en se mariant, il en a quatre-vingt mille...

HUGUES. — C'est bien peu !...

LE DUC. — C'est bien peu?... Peste !... Trouve-moi dans Paris, à part toi et deux ou trois autres peut-être, des gens qui aient plus de quatre-vingt mille francs de rente de dot... je ne parle pas, bien entendu, des fortunes financières ou industrielles...

HUGUES. — Quand je dis, c'est bien peu... je n'entends pas qu'on est pauvre avec quatre-vingt mille francs de rente... mais je trouve que c'est peu pour mademoiselle de Montespan... Elle est tellement belle, tellement... tellement !...

LE DUC, *regardant Hugues en dessous*. — Ah !... tu la trouves belle?...

HUGUES, *stupéfait*. — Si je la... mais, est-ce que vous ne trouvez pas qu'elle est belle, vous, papa?...

LE DUC. — Si fait... mais elle est si différente des femmes que tu as remarquées jusqu'à présent, que je ne m'imaginais pas...

HUGUES, *embarrassé*. — Mais mademoiselle de Montespan est belle de toutes les beautés... elle est forte, saine, vigoureuse... Ordinairement les femmes du monde ont l'air de chats écorchés...

LE DUC, *riant*. — Tu es sévère pour les femmes du monde !... j'en connais, je t'assure, qui n'ont pas cet air-là... mais comme tu n'as jamais voulu en regarder une seule...

HUGUES. — Si on m'en avait montré comme celle-là...

LE DUC. — Je crains, mon cher enfant, que tu ne sois en train de t'emballer sur la petite Montespan... Ce serait un tort... tu ne peux pas songer à l'épouser...

HUGUES. — Mon Dieu !... je suis très riche, et...

LE DUC. — Tu es, tu seras surtout, énormément riche... mais mademoiselle de Montespan est précisément une des seules femmes... sinon la seule... auprès de laquelle ta fortune ne te servira à rien...

HUGUES. — Pourtant, papa...

LE DUC. — L'argent n'existe pas pour elle... et elle est horriblement difficile pour « le monsieur »... Elle ne trouve personne à son gré et elle veut qu'on lui plaise sans s'occuper du reste... Ainsi, Hector de Milfeuil est très joli garçon, distingué, intelligent, il a un titre... Eh bien, elle n'a pas seulement voulu connaître le chiffre de sa fortune... elle a dit : « Non, il ne me plaît pas !... je suis sûre que je ne pourrai pas l'aimer... »

HUGUES. — Elle est romanesque?...

LE DUC. — Oui !... et je ne voudrais

pas te dire quelque chose de désagréable,
mon cher garçon... mais enfin, tu n'es
pas du tout l'affaire d'une jeune fille
romanesque...

HUGUES, *penaud*. — J'sais bien !...

LE DUC. — J'insiste une dernière
fois auprès de Montespan pour qu'il
obtienne de sa fille d'attendre
quelques jours avant de dire
définitivement non...

HUGUES. — Mais puisqu'elle
ne veut pas... pourquoi insister?...

LE DUC. — Parce que c'est
une folie !... elle n'est pas non
plus si facile à marier, la belle
Ariane!... la dot est petite,
relativement à la femme qui
nécessite un cadre... et, comme
ta tante et moi nous nous inté-
ressons à elle, nous voudrions
lui voir accepter ce mariage...
(*On entend le timbre de la cour.*)
Tiens !... voilà ta tante qui
rentre de la messe !...

HUGUES, *regardant à la fenêtre.* — Non!... (*Il rougit en
voyant entrer Ariane.*) ce n'est
pas elle !...

LE DUC. — Qui est-ce?...

HUGUES, *de plus en plus
rouge.* — Je ne sais pas... je
ne vois personne...

LE DUC, *suivant son idée.* —
Je serais heureux, mon enfant,
si, avant de mourir, je voyais
mes petits-fils?... Il y a d'autres jeunes filles, qui, sans
être aussi complètement sé-
duisantes et belles que mademoiselle de Montespan... un
peu inquiétante pour un
mari... sont pourtant de
jolies et aimables femmes... très capa-
bles de rendre un homme heureux
et de lui donner de beaux enfants...
(*Voyant que Hugues va et vient comme
un ours en cage.*) qu'est-ce que tu as?...

HUGUES, *embarrassé.* — Rien !... je pense que j'ai dit d'atteler pour dix heures et que...

LE DUC. — Va, mon ami, va... je ne te retiens pas !...

Dans le salon.

ARIANE, *ôtant son chapeau et arrangeant ses cheveux devant la glace.* — Il n'est que dix heures moins un quart !... madame d'Antoche n'est pas rentrée... (*Un temps.*) Il m'a vue arriver... il était à la fenêtre du cabinet de son père... (*Elle se dirige vers le bureau.*)

HUGUES, *il ouvre la porte du salon et s'arrête court, en prenant maladroitement un air embarrassé.* — Oh! pardon!... je ne savais pas que vous étiez là !... je cherche le *Figaro* pour papa...

ARIANE, *lui indiquant le* Figaro *qui est posé sur une table.* — Le voilà...

HUGUES, *prenant le* Figaro *et restant sans bouger, piqué à la même place.* — Ah !... oui !... parfaitement !... je vous remercie. (*Un silence.*) Ma tante n'est pas là?...

ARIANE. — Pas encore... elle n'est pas rentrée de la messe...

HUGUES. — Ah !... (*Un silence.*) Et alors, comme ça, vous 'attendez, ma tante....

ARIANE. — Mais oui... (*Elle prend les livres qui sont sur le bureau.*) et je vais toujours commencer les comptes...

HUGUES. — Laissez donc ça tranquille... vous avez bien le temps !...

ARIANE, *riant.* — Mais non !... c'est très long, très compliqué, vous savez?...

HUGUES. — Pourquoi vous embêtez-vous de ça?... c'est pas du tout votre affaire, ces balançoires-là !... (*Mouvement d'Ariane.*) C'est vrai!... faut laisser

ça à ma tante... ou à madame votre mère... ou à n'importe qui qui ait fini de rire... (*Lourdement.*) vous, vous avez mieux à faire que ça !...

ARIANE. — . . . .

HUGUES. — Comment ma tante est-elle assez égoïste pour...

ARIANE. — C'est moi qui me suis offerte pour remplacer maman...

HUGUES. — Une riche idée que vous avez eue là !... Car ça ne doit pas vous amuser, hein?...

ARIANE. — Mais on ne fait pas seulement ce qui amuse dans ce monde...

HUGUES. — Et j'ai bien peur que, dans l'autre... malgré les belles promesses qu'on nous fait tous les dimanches... on ne se rase encore davantage...

ARIANE. — . . . .

HUGUES. — Vous y croyez, vous... au paradis, à l'enfer, aux miracles et à tout ça?...

ARIANE. — Mais certainement !...

HUGUES. — Vous avez raison si ça vous amuse !... Moi, malheureusement, j crois que tout ça c'est plutôt des vastes blagues qu'autre chose...

ARIANE. — Oh ! . . . .

HUGUES. — Ça vous étonne que je vous dise ça?...

ARIANE, *sévère.* — Ça m'étonne que vous le pensiez, surtout !...

HUGUES. — Ne me regardez pas comme ça !... vous êtes fâchée?...

ARIANE. — Fâchée, non... attristée, oui...

HUGUES. — Bah !... qu'est-ce que ça peut vous faire, ce que je pense?... rien du tout?...

ARIANE. — Pourquoi dites-vous ça?...

HUGUES. — Parce que je le crois !... mais je ne le dirai plus si vous me le défendez...

IL N'EST QUE DIX HEURES MOINS UN QUART

ARIANE, *glaciale.* — Je n'ai rien à vous défendre, monsieur !...

HUGUES. — Oui, je sais bien !... je veux dire que je me tairai si ça vous déplaît... (*Un silence.*)

ARIANE, *regardant la pendule.* — C'est

ARIANE. — Je n'y suis pas, parce que je déteste assister à des mariages...

HUGUES. — C'est pourtant à un mariage que je... que j'ai eu le bonheur de vous apercevoir pour la première fois...

JE N'AI RIEN A VOUS DÉFENDRE

singulier !... madame d'Ancoche ne rentre pas?...

HUGUES. — Elle va rentrer, soyez tranquille !... Eh ! mais, j'y pense... elle est au mariage d'Emeryllon, bien sûr?... (*Un silence.*) Comment n'y êtes-vous pas, vous?...

ARIANE, *d'un air distrait.* — Ah ! vraiment !... je ne me souviens pas... à quel mariage, donc?...

HUGUES. — A celui de Brigitte de Tremble... le mois dernier... Vous avez même refusé de permettre que je vous sois présenté?...

ARIANE, *même air distrait.* — Oh !... croyez-vous ?...

HUGUES. — J'en suis sûr !... Vous avez dit que c'était inutile... que vous n'aimiez pas les nouvelles figures...

ARIANE, *riant.* — C'est vrai !...

HUGUES. — J'ai été bien triste... (*Sentimental.*) bien malheureux...

ARIANE, *riant.* — Il n'y avait vraiment pas de quoi !...

HUGUES, *suivant toujours son idée.* — Dites-moi ?... vous qui n'aimez pas les mariages... Comment ferez-vous le jour du vôtre ?...

ARIANE. — Oh !... nous n'en sommes pas là !...

HUGUES. — Mais au contraire... je croyais qu'il y avait quelque chose en train ?...

ARIANE, *air profondément stupéfait* — En train ?... pour qui ?...

HUGUES. — Mais... pour vous, si je ne me trompe ?...

ARIANE. — Vous vous trompez... il a été en effet question de quelque chose...

HUGUES. — Milfeuil ?...

ARIANE, *froidement.* — Je regrette que vous sachiez de qui il s'agit, monsieur... on ne doit jamais dire le nom de ceux qui ont daigné...

HUGUES, *se récriant violemment.* — « Daigné »!... dites « osé », ça sera beaucoup mieux ?... Alors, vous avez refusé ?...

ARIANE. — Oui...

HUGUES. — Et pourquoi avez-vous refusé Milfeuil qui est, paraît-il, un aimable garçon... charmant de sa personne, et très riche, ce qui ne gâte rien ?...

ARIANE. — Eh bien, si !... ça gâte un peu !... (*Mouvement d'Hugues.*) J'aimerais mieux épouser quelqu'un qui n'ait

d'argent que ce qu'il en faut pour vivre, sans plus...

HUGUES. — Une drôle d'idée, par exemple !...

ARIANE. — Mais non !... C'est si laid, l'argent !... ça enduit d'un si vilain vernis les plus belles choses...

HUGUES. — Je ne trouve pas ça !...

ARIANE. — Moi, je le trouve !... (*Elle rit.*)

HUGUES. — Alors, vous n'épouseriez pas un homme riche ?...

ARIANE. — Non, jamais !... à moins de l'aimer passionnément...

HUGUES. — Mais c'est dans les choses possibles, ça ?...

ARIANE, *souriant.* — Je ne crois pas !... (*Un silence.*) je n'ai jamais, je ne dirai même pas aimé, mais remarqué quelqu'un...

HUGUES, *finement.* — Ça viendra !...

ARIANE. — Ça m'étonnerait !...

HUGUES. — Croyez-vous au coup de foudre, mademoiselle?...

ARIANE. — Quel coup de foudre?...

HUGUES. — Celui qui vient comme l'éclair... en se regardant... sans avoir seulement le temps de dire ouf...

ARIANE, *riant.* — Non, pas du tout !...

HUGUES, *résolument.* — Eh bien, j'y crois, moi '...

ARIANE, *soupirant.* — Vous êtes bien heureux !... (*Elle court au-devant de madame d'Ancoche qui entre.*)

HUGUES, *en lui-même.* — Je ne suis pas plus avancé qu'avant... elle n'a pas compris un mot !...

IX

FIASCO

MADAME DE MONTESPAN, *s'installant avec Ariane, Henry et Jean.* — Quelle poussière !... et quelle chaleur !... (*A Ariane.*) Je ne comprends pas quelle idée tu as eue de venir nous enfermer ici?... toi qui dis toujours que le Concours hippique t'ennuie... qui n'y vas jamais...

ARIANE, *exagération de sa simplicité habituelle. Robe de drap vert myrte. Chapeau de paille à bouquets de violettes.* — Mais, maman, je ne tenais pas à venir...

MADAME DE MONTESPAN, *étonnée.* — Ah !... je l'ai cru !...

ARIANE. — Mais non !... j'ai dit seulement que Pierre de Tremble montait...

et que ce ne serait peut-être pas gentil de ne pas venir... à cause de Brigitte...

MADAME DE MONTESPAN. — Mais Pierre a monté déjà plusieurs fois... et nous ne sommes pas venues le voir...

ARIANE, *air étonné.* — Il a monté au Concours?... je ne l'ai jamais su !...

(*Henry et Jean regardent Ariane d'un air ahuri.*)

JEAN, *révolté.* — T'en as un, de toupet, par exemple !...

ARIANE, *très douce et maternelle.* — Mon petit Jean, tu as des façons de parler qui me font beaucoup de peine?... les gens qui t'endendent doivent te prendre pour un enfant méchant et mal élevé... alors que tu es un bon petit garçon, doux et gentil...

JEAN, *bourru mais repentant.* — Pardon !...

HENRY, *montrant à sa mère Pierre de*

PIERRE DE TREMBLE

Tremble qui cause avec un monsieur dans le passage. — Le voilà, maman, monsieur de Tremble...

PIERRE DE TREMBLE, *en habit rouge, apercevant Ariane.* — Ah !... (*Il s'engage entre les banquettes pour venir saluer madame de Montespan.*)

MADAME DE MONTESPAN. — Vous savez, mon cher Pierre, que c'est en votre honneur que je suis ici, au lieu d'être paisiblement à respirer au Bois?...

PIERRE. — . . . .

MADAME DE MONTESPAN. — Oui !... c'est Ariane qui a voulu absolument venir... sous prétexte que vous montez dans une course...

PIERRE, *devenant d'abord très pâle, puis très rouge.* — Comment?... c'est mademoiselle Ariane qui...

ARIANE, *sèchement.* — Mais pas du tout !... je ne sais pas pourquoi maman dit ça !... j'ai constaté que vous montiez... rien de plus !...

PIERRE, *très souriant et mondain.* — Eh, mon Dieu, mademoiselle, ne vous défendez pas tant !... si vous saviez combien je me gobe peu !... (*Il salue et s'en va.*)

ARIANE, *à madame de Montespan, très durement, mais très bas.* — Mais, maman, vous perdez la tête?...

MADAME DE MONTESPAN, *craintivement.* — Qu'est-ce que j'ai fait?...

ARIANE, *louchant sur Hugues de Bruges, qui est debout immédiatement derrière madame de Montespan et continuant à parler bas, mais très nettement de façon qu'il entende bien tout ce qui se dit.* — Vous avez dit à monsieur de Tremble que...

MADAME DE MONTESPAN, *stupéfaite.* — Monsieur de Tremble?... depuis quand appelles-tu Pierre « monsieur »?...

ARIANE, *embarrassée.* — Depuis... depuis que je trouve ridicule de l'appeler par son nom...

MADAME DE MONTESPAN. — Mais vous avez été élevés ensemble?...

ARIANE. — Ce n'est pas une raison suffisante...

MADAME DE MONTESPAN. — Mais il y

a un mois... au moment du mariage de sa sœur... je t'entendais l'appeler Pierre...

ARIANE. — C'est que depuis, j'ai réfléchi... j'ai trouvé que j'avais tort...

MADAME DE MONTESPAN. — Et tu vas l'appeler monsieur?...

ARIANE. — Et je vais l'appeler monsieur...

MADAME DE MONTESPAN. — Ce pauvre Pierre !... ça lui fera de la peine !...

ARIANE, *sèchement.* — Tant pis !... (*Mouvement joyeux de Hugues.*)

MADAME DE MONTESPAN. — Déjà, tout à l'heure, il a eu l'air tout triste quand tu lui as dit que tu ne venais pas pour le voir monter...

ARIANE. — Je lui ai dit la vérité... ce n'est pas pour lui que je viens...

MADAME DE MONTESPAN, *naïvement.* — Pour qui est-ce?...

ARIANE. — Mais... (*Rougissante et troublée.*) pour personne...

MADAME DE MONTESPAN, *suivant, avec sa petite jugeotte, son bout de raisonnement.* — Cependant, il est surprenant que jamais tu n'aies eu l'idée de venir ici... et puis que, précisément aujourd'hui, tu aies insisté — car tu as insisté — pour y entrer... et en me disant que c'était à cause de Pierre?...

JEAN, *poussant brusquement sa sœur.* — Ariane !... l' vilain gros d' l'autr' jour au Bois est derrière toi... qui écoute tout ce que vous dites !... (*Ariane ne bouge pas.*)

MADAME DE MONTESPAN, *qui a entendu, se retournant.* — Quel vilain gros de l'autre jour?... (*Elle voit Hugues debout derrière elle, mais, comme elle ne le connaît pas, elle ne fait pas attention à lui.*)

ARIANE, *faisant signe à madame de Montespan de se taire.* — Rien, maman !...

HUGUES, *serré dans un habit rouge qui paraît prêt à craquer, descendant d'un rang et saluant.* — Mademoiselle...

JEAN, *bas, tirant par sa manche Ariane qui n'a pas l'air de voir Hugues.* — Tiens... le v'là !... quand j'te l' disais !...

HUGUES, *s'approchant et resaluant.* — Voulez-vous, mademoiselle, me faire l'honneur de me présenter à madame votre mère?...

ARIANE, *le présentant.* — Maman... le marquis de Bruges... (*Madame de Montespan regarde Hugues avec étonnement.*) que je rencontre quelquefois chez madame d'Ancoche...

MADAME DE MONTESPAN, *se remettant de son étonnement.* — Je suis une très ancienne amie de votre tante, monsieur... et je suis heureuse de vous connaître...

HUGUES, *lourdaud et embarrassé.* — Moi de même !...

MADAME DE MONTESPAN. — Mon mari était lié aussi avec monsieur de Bruges... comment va-t-il?... Ce beau temps doit lui faire du bien?...

HUGUES. — Oh ! pas du tout !... il est toujours plaqué dans son fauteuil sans pouvoir remuer ni pied ni patte...

MADAME DE MONTESPAN. — . . . . .

ARIANE. — Vous allez monter dans cette course?...

HUGUES. — Non, pas dans celle-ci... dans l'autre...

MADAME DE MONTESPAN. — Vous montez tous les ans?...

HUGUES. — Non !... c'est la première fois... Ah !... voilà Brigitte !...

BRIGITTE DE CABOUR, *elle arrive suivie de son mari, et s'arrête stupéfaite à la vue de Hugues en habit rouge.* — Comment, tu viens au Concours?... et tu montes?...

HUGUES. — Mais oui !...

BRIGITTE, *riant.* — Mais qu'est-ce qui t'arrive pour que tu bouleverses ainsi tes habitudes?...

tort de taquiner comme ça votre cousin...

BRIGITTE. — Bah !... ça glisse !... il ne s'en aperçoit même pas...

ARIANE. — Crois-tu?...

BRIGITTE. — J'en suis sûre !... mais, à

HUGUES, *rouge et embarrassé.* — Mais... rien...

BRIGITTE, *continuant de rire.* — Si je ne te connaissais pas comme je te connais... je croirais que tu montes pour quelqu'un... (*Elle regarde autour d'elle dans la tribune.*)

HUGUES, *vexé.* — Je monte pour moi-même...

BRIGITTE. — C'est invraisemblable !... (*Hugues s'éloigne.*)

M. DE CABOUR, *à Brigitte.* — Vous avez

propos, il parlait à madame de Montespan tout à l'heure... Comment ça se fait-il?...

MADAME DE MONTESPAN. — C'est Ariane qui vient de me le présenter...

BRIGITTE, *stupéfaite.* — Ariane !... (*A Ariane.*) toi?... mais le jour de mon mariage tu as refusé de te le laisser présenter?... Tu le connais à présent?...

ARIANE. — Je le rencontre quelquefois chez madame d'Ancoche. . . .

BRIGITTE, *de plus en plus étonnée.* —

Chez madame d'Ancoche?... Tu vas chez ma tante... toi?...

MADAME DE MONTESPAN. — Ariane a bien voulu me remplacer pour faire les comptes du *Repentir Momentané*...

BRIGITTE. — Ah !... (*A Ariane avec admiration.*) Tu es rudement bonne fille, tu sais?...

MADAME DE MONTESPAN. — N'est-ce pas?... d'autant plus que moi, je n'avais cette corvée que le premier du mois... à présent Ariane l'a toutes les semaines...

ARIANE. — Oui !... madame d'Ancoche a préféré cela... elle a peut-être raison...

BRIGITTE. — On n'en fait plus comme toi !...

ARIANE, *modeste.* — Oh !...

BRIGITTE. — Eh bien, n'est-ce pas qu'il est abominablement mal... (*Elle baisse la voix pour ne pas être entendue des voisins.*) ce pauvre Hugues?...

MADAME DE MONTESPAN, *avec conviction.* — Pour ça, oui !...

ARIANE, *sèchement.* — Moi, je ne trouve pas que monsieur de Bruges soit mal...

BRIGITTE, MADAME DE MONTESPAN. M. DE CABOUR, *stupéfaits, avec un ensemble touchant.* — Oh ! ! !

JEAN, *saisi.* — Et toi qui n'trouves jamais rien d'bien?... C't'épatant !...

BRIGITTE. — Il est encore plus grotesque dans son habit rouge... Quelle idée, quand on est gros comme ça. d'aller s'habiller de la sorte !...

ARIANE. — Si les gens minces avaient seuls le droit de porter des habits de telle ou telle nuance... ça ne serait guère pratique...

BRIGITTE, *riant.* — La bonté d'Ariane est sans limites... elle s'étend jusqu'à Hugues !...

M. DE CABOUR. — Je crois que voici la course où il doit monter... (*Un grand jeune homme, élégant et mince, fait en ce moment le parcours. On entend sur lui et sur sa manière de monter les remarques des voisins.*)

— Il est joli garçon !...

— Et il monte bien !...

— Si on veut...

— Comment, si on veut?...

— Oui, ça n'est pas correct, vous direz tout ce que vous voudrez... ça n'est pas correct !...

— Qu'est-ce que ça fait, si c'est joli tout de même?...

— Les vieux principes d'équitation se perdent...

— Quel est ce monsieur?...

— C'est le petit d'Eméryllon...

— Ah !... vous l'avez déjà vu monter?...

— Non !... mais j'ai dansé un cotillon avec lui chez les la Poze...

BRIGITTE, *à Ariane.* — Il est gentil, Roger d'Eméryllon... et il monte bien...

ARIANE. — Trop gringalet... et il monte trop long...

BRIGITTE. — Trop long, jamais !... c'est horrible à voir, un homme qui monte court... sur les obstacles surtout !...

ARIANE. — Et puis... il a trop l'air de croire « que c'est arrivé... »

BRIGITTE. — C'est singulier, je le trouve simple et naturel comme tout, moi, ce petit bonhomme !...

ARIANE. — Tu n'es pas difficile !...

M. DE CABOUR. — Son cheval saute rudement bien !... (*A Brigitte.*) C'est un cheval qui vient de votre cousin de Bruges... il ne sautait pas du tout avec lui... c'est pour ça qu'il s'en est défait...

BRIGITTE. — Il l'a vendu à monsieur d'Eméryllon?...

M. DE CABOUR. — Pas vendu... changé pour *Crésus !...* un grand carcan gris qui n'en pouvait plus... mais qui sautait de tout premier ordre...

ARIANE. — *Crésus ?...* il me semble bien que c'est le nom du cheval que monsieur de Bruges va monter?...

BRIGITTE. — Cent quinze kilos !...

M. DE CABOUR. — Fichtre !... ce pauvre *Crésus* doit avoir sa claque !... (*Regardant Hugues qui entre dans la piste montant un grand cheval gris*), et ça se voit, d'ailleurs !... avec Eméryllon il marchait si gaiement !...

SON CHEVAL SAUTE RUDEMENT BIEN

M. DE CABOUR. — Ah bien !... ça va être amusant de le voir sauter !... il a une façon de s'allonger, tout en rentrant ses pattes, sans jamais effleurer le balai... c'est épatant !...

JEAN. I' monte bien, m'sieu d' Bruges?...

M. DE CABOUR. — Il paraît que oui... et avec son poids il a du mérite...

HENRY. — Combien pèse-t-il?...

ARIANE, *méprisante.* — C'est qu'il ne doit pas peser lourd, monsieur d'Eméryllon... il est tellement fluet !...

M. DE CABOUR. — Fluet?... que non pas !... il est mince, mais très solide...

ARIANE. - - Il n'en a pas l'air !...

M. DE CABOUR. — Je reconnais qu'Eméryllon est trop léger... mais accordez-moi que Bruges est trop lourd... et convenons ensemble que, pour ce pauvre

Crésus, il eût été préférable de tomber sur une moyenne?... (*Il regarde Crésus qui s'avance en pliant quelque peu le rein.*) Pauv' cheval, va !...

ARIANE, *à Jean qui la tire par sa manche pour lui demander quelque chose.* —

tour, *Crésus qui n'en peut plus, tape dans la barre, troue le mur, et saute pitoyablement. La foule se montre évidemment hostile à ce gros cavalier qui écrase son cheval. On crie : « Assez ! » Crésus n'accuse même plus les obstacles. Il tape du*

CE PAUVRE CRÉSUS DOIT AVOIR SA CLAQUE

Mais reste donc tranquille !... tu vois bien que la course commence?...

JEAN, *regardant et faisant la moue.* — Oh ! c'est pas amusant, c'gros-là !... (*La course commence. Le premier tour va à peu près. Hugues est grotesque avec son habit rouge trop serré, qui remonte et fait deux bourrelets, un aux épaules et l'autre aux reins, mais il monte vigoureusement et n'est pas mal placé à cheval. Au second*

poitrail dans toutes les claies, et reçoit avec une indifférence absolue les coups dont son propriétaire l'accable. Appréciations diverses.)

— Quel butor !...

— Est-il possible d'écraser de la sorte un malheureux animal?...

— Il pèse trois cents, ce gros homme!...

— Au moins !...

— Qui est-ce?...

— C'est le duc de Bruges !...

— Le duc de Bruges?... je croyais qu'il était dans un grand fauteuil avec des roulettes... et qu'il ne sortait pas de là?...

— Oui !... il est dans un grand fauteuil comme vous dites... ça, c'est son fils...

— Alors ce n'est pas le duc de Bruges?...

— Non, c'est le marquis !...

— A la bonne heure !...

— C'est ce que je voulais dire !...

— Il est rudement vilain !...

— Dame !... je ne vous dis pas qu'il soit joli joli !...

— Il est si riche qu'il n'a pas besoin de ça !...

— Besoin de quoi?...

— Ben, d'être joli !...

— Ah !... il est très riche?...

— Oui ! les Bruges sont certainement les gens les plus riches de France...

— Après les financiers...

— Bien entendu !...

— Qu'est-ce qu'il a d'argent, ce gros garçon?...

— Il aura — quand le père et la vieille tante se seront laissé glisser — au moins quinze ou dix-huit cent mille francs de rente...

— Bigre !...

— C'est heureux pour lui !... car c'est pas par ses avantages physiques qu'il aurait de l'agrément dans la vie !...

— Quel âge?...

— Trente-huit ans... Pourquoi?... Vous voulez le marier?...

— Pas du tout !... je demandais ça pour savoir... parce qu'il n'a pas d'âge...

— D'ailleurs, il n'est pas à marier !...

(*Mouvement d'Ariane.*) il a des goûts ignobles !...

— ? . . . . . .

— Oui... il court après toutes les plus horribles filles, chez lui, à la campagne... plus elles sont révoltantes, plus il aime ça !...

— Oh !...

— Parfaitement !... et il ne vient jamais à Paris... c'est la première fois que je l'aperçois depuis bien des années...

— Ben... pour ce qu'il y est venu faire... il aurait bien pu rester à la campagne !...

— Où donc est-il?... Tombé?...

— Il y a longtemps qu'il est rentré à l'écurie !...

— Tiens !... je ne m'en suis pas aperçu...

— Il tient pourtant de la place !...

JEAN, *à Ariane.* — T'as entendu?...

ARIANE. — Quoi?...

JEAN. — Ce qu'on a dit du gros monsieur?...

ARIANE. — Non !... qu'est-ce que tu racontes?...

JEAN. — T'as pas entendu?... t'avais pourtant l'air...

ARIANE. — . . . .

JEAN. — Ben, paraît qu'il a quinze ou dix-huit cent mille francs de rente...

ARIANE. — Eh bien, j'en suis ravie pour lui, car c'est un aimable et gentil garçon...

JEAN, *surpris.* — Ah !... j'aurais pas cru !...

M. DE CABOUR. — Ce pauv' Bruges !... quel four !... (*A Hugues qui revient.*) Ça a pas mal marché au commencement, mais après...

HUGUES, *furieux.* — Je ne sais pas ce

Le Cœur d'Ariane

qu'il a eu, ce sale carcan de malheur !...

BRIGITTE. — Il t'a eu sur son dos, pauv' bête !...

ARIANE. - Oh !... ici, je trouve que la façon dont le cheval saute n'est rien...

HUGUES. — !!! . . . .

ARIANE. — Non !... c'est la manière de monter qui est tout !... (*Elle lui lance un regard timide et doux.*) et vous avez très bien monté...

HUGUES, *radieux.* — Que vous êtes bonne !... comme ça me fait plaisir que vous disiez ça !...

ARIANE, *modeste et rougissante.* — Oh ! vous savez... mon opinion a si peu de valeur...

X

TOUT POUR LE « REPENTIR MOMENTANÉ »

Chez les Recta.

Ils ont prêté, pour la fête de charité de l'œuvre du *Repentir Momentané*, le magnifique jardin de leur hôtel de la rue de Varenne. La grande pelouse a été couverte d'une tente ronde, en util rayé gris et rouge, et transformée en cirque.

Partout des cabarets, des tirs, des balançoires, des chevaux de bois. Et aussi des jeux : toupies hollandaises, petits chevaux, massacres. Et des « attractions » : métamorphoses, sirènes somnambules, etc., etc.

Il est trois heures.

MADAME D'ANCOCHE, *elle va et vient, très affairée, à Ariane qui arrange une draperie à la boutique des cigares.* — C'est bien convenu, n'est-ce pas, ma chère petite, vous laisserez votre mère et Brigitte de Cabour vendre les cigares, le tabac, les blagues, etc... etc... et vous vous installerez ici, à cette petite table, à côté de la boutique?...

ARIANE, *robe de cachemire de l'Inde blanc, toute droite, collante et unie.* — Oui, madame...

MADAME D'ANCOCHE. — Vous vous installerez avec la petite machine à faire les cigarettes, et vous en roulerez tout le temps... Vous les vendrez un louis...

ARIANE. — Ne croyez-vous pas, madame, que c'est bien cher, un louis?...

MADAME D'ANCOCHE. — Cher?... une cigarette roulée par vous?... Allons donc! Vous n'arriverez pas à faire toutes celles qu'on vous demandera... (*Elle regarde Ariane.*) Vous n'êtes pas souffrante, mon enfant?...

ARIANE. — Mais non, madame... pourquoi me demandez-vous ça?...

MADAME D'ANCOCHE. — Parce que je vous trouve sérieuse... (*Mouvement d'Ariane.*) Oui... je sais bien que vous êtes toujours sérieuse... mais il me semble que ce sérieux est aujourd'hui presque de la tristesse?...

ARIANE, *l'air troublé.* — Mais, madame...

MADAME D'ANCOCHE. — Et voilà que vous devenez toute rose, toute craintive... Je suis une vieille indiscrète, n'est-ce pas?...

ARIANE, *protestant.* — Oh !...

MADAME D'ANCOCHE. — Je suis sûre que vous avez quelque chagrin?... (*Ariane s'éloigne sans répondre. Madame d'Ancoche va à madame de Montespan très occupée à aligner des cigares.*) Vous vous en apercevez bien aussi?...

MADAME DE MONTESPAN. — Je m'aperçois de quoi?...

MADAME D'ANCOCHE. — De ce que votre fille est triste, préoccupée, distraite...

MADAME DE MONTESPAN, *étonnée.* — Mais non!... (*Inquiète.*) Qu'est-ce qu'elle a?...

MADAME D'ANCOCHE. — Je n'en sais rien... mais, à son âge, les seuls chagrins sont les chagrins d'amour...

MADAME DE MONTESPAN, *stupéfaite.* — Un chagrin d'amour?... Ariane?... (*A madame de Cabour.*) Vous entendez ce que dit votre tante, Brigitte?...

MADAME DE CABOUR. — Oui... mais je crois que ma tante se trompe... Ariane n'aime personne... et, d'ailleurs, si elle aimait quelqu'un, pourquoi serait-elle triste?... Qui donc ne pourrait-elle pas épouser?...

MADAME D'ANCOCHE. — Quelque beau garçon sans fortune, peut-être?...

BRIGITTE. — Elle n'en connaît pas !... le moins riche est Pierre... et...

MADAME DE MONTESPAN. — Qui ça, Pierre?...

BRIGITTE. — Mon frère... il l'a demandée et elle n'a pas voulu de lui. Presque tous d'ailleurs l'ont demandée!... et elle les a tous refusés sous prétexte qu'elle veut aimer son mari... donc elle n'aime personne...

MADAME D'ANCOCHE. — Eh bien, ma petite Brigitte, tu diras tout ce que tu voudras... tu ne m'ôteras pas de l'esprit que cette enfant-là a un chagrin d'amour...

MADAME DE MONTESPAN, *consternée.* — Mais je ne vois pourtant pas... (*A une dame qui s'approche pour acheter.*) Une blague?... Voici, madame...

HUGUES DE BRUGES, *longue redingote vert bouteille traînant sur les chevilles, pantalon gris, cravate qui fait six fois le tour du cou et monte par derrière au-dessus du col, gardénia à la boutonnière. Il s'approche de la boutique.* — Bonjour, ma tante... (*Il jette un coup d'œil dans l'intérieur de la boutique.*) Je croyais que mademoiselle de Montespan vendait avec vous?...

MADAME D'ANCOCHE, *l'examinant.* — Seigneur !... comme te voilà mis !... (*A part.*) il est grotesque !... Autrefois il s'habillait simplement, au moins !... (*Haut.*) Qu'est-ce qui te prend donc?... voilà que tu deviens gommeux, à cette heure?...

HUGUES, *embarrassé.* — Gommeux, moi?...

MADAME D'ANCOCHE. — Eh ! oui !... j'en suis stupéfaite !...

HUGUES. — Mon Dieu... vous êtes toujours à me répéter, vous et papa, que je ne soigne pas assez ma toilette... que

j'ai des chemises démodées et des redingotes de l'année dernière...

MADAME D'ANCOCHE, *elle regarde avec
étonnement la redingote.* — Celle-ci est de
l'année prochaine... (*Un temps.*) au
moins?...

HUGUES. — Elle me va
mal?... (*Il roule de gros yeux
inquiets.*)

MADAME D'ANCOCHE, *qui re-
doute les explications.* — Non !...
pas précisément... Moi, pour
mon goût, j'aime mieux les
redingotes qu'on n'est pas obligé
de retrousser pour traverser un
ruisseau... mais, à part ça...

HUGUES. — On les fait comme
ça...

MADAME D'ANCOCHE. — Même
pour les gens aussi gros que
toi?... (*Mouvement de Hugues.*)
Il me semble que ce genre de
vêtements est plutôt l'affaire
des gens longs et minces que la
tienne...

HUGUES. — Pourquoi?...

MADAME D'ANCOCHE. — Parce
que, avec cette grande housse
toute droite... tu as un peu
l'air d'une guérite... ou d'un
malade qui sort de l'hôpital...
Enfin, moi je ne trouve pas ça élégant,
voilà !...

HUGUES, *qui recommence à regarder autour de lui.* — Je croyais que mademoiselle de Montespan vendait à votre
boutique?...

MADAME D'ANCOCHE. — Oui... c'est
à-dire non... Et d'abord, laisse-la tranquille, mademoiselle de Montespan !...
elle est triste... elle a mal aux nerfs...
(*A elle-même.*) C'est sûrement pour
Ariane, cette redingote ridicule... Ah !...

il tombe bien, le pauvre garçon !... Son
père a raison... il n'y a peut-être qu'une
femme dans Paris qu'il ne peut pas
épouser... et patatras !... c'est à celle-là
qu'il va penser !...

HUGUES, *inquiet.* — Je la laisserai
tranquille... mais où est-elle?...

MADAME D'ANCOCHE, *elle montre le ren-
foncement où est installée la petite table
d'Ariane.* — Là, tiens !... elle roule des
cigarettes à la machine...

HUGUES. — Une drôle d'idée !...

MADAME D'ANCOCHE. — Une excel-
lente idée... qui est de moi !... Ces cigarettes, on va les vendre un louis... Tu
comprends que tous les imbéciles qui
défilent ici aujourd'hui... et Dieu sait

s'il y en aura — voudront fumer une cigarette roulée par la belle mademoiselle de Montespan... la plus jolie femme de la saison...

HUGUES, *vexé*. — Ben, il vous rend la manche large, votre *Repentir Momentané !*...

MADAME D'ANCOCHE, *saisie*. — Tu dis ?...

HUGUES. — Je dis que c'est... que c'est révoltant !... Comment !... tous ces imbéciles, comme vous les appelez, vont pouvoir, en payant un louis, fourrer dans leurs sales becs une chose que mademoiselle Ariane aura touchée...

MADAME D'ANCOCHE. — Eh bien, mais, il me semble que un louis, c'est déjà un petit prix respectable !...

HUGUES. — C'est révoltant !... (*Il hausse les épaules.*) révoltant !... Et quand je pense que vous tolérez ça, vous, ma tante... vous qui êtes pourtant ordinairement une brave femme...

MADAME D'ANCOCHE. — Merci !... Et, dis-moi, quel mal vois-tu à ce que tous ces gens...

HUGUES. — Des imbéciles !...

MADAME D'ANCOCHE. — Si tu veux... mais, imbéciles ou pas, quel mal vois-tu à ce qu'ils fument des cigarettes fabriquées par Ariane ?...

HUGUES. — Je trouve que c'est une indignité... ça m'impressionne péniblement...

MADAME D'ANCOCHE. — Comme tu y vas !... Je suis moins impressionnable que toi, probablement, car il me paraît tout naturel de ramasser pour les pauvres le plus d'argent possible...

HUGUES. — Est-ce qu'elle va en faire beaucoup, de cigarettes ?...

MADAME D'ANCOCHE. — Je ne sais pas

trop... deux cent cinquante ou trois cents peut-être...

HUGUES, *perplexe*. — Et il n'y a pas moyen d'empêcher ça ?...

MADAME D'ANCOCHE, *riant*. — Dame !... tu n'as qu'à acheter d'avance toutes nos cigarettes...

HUGUES. — C'est ce que je vais faire !... (*Il se dirige vers Ariane.*)

MADAME D'ANCOCHE, *le rappelant*. — Hugues !... Hugues !... mais tu es fou !...

HUGUES. — Pourquoi donc ça ?...

MADAME D'ANCOCHE. — Mais parce que... ce prix... ce...

HUGUES. — Trois cents louis, ce prix !... voilà-t-il pas une affaire !...

MADAME D'ANCOCHE, *en elle-même*. — Lui qui lésine pour dix sous !... c'est à n'y pas croire !...

HUGUES, *il s'approche d'Ariane et la salue*. — Mademoiselle !... (*Ariane, l'air absorbée par ses cigarettes, ne bouge pas.*) Mademoiselle... (*Plus haut.*) j'ai bien l'honneur de vous présenter mes devoirs...

ARIANE, *relevant brusquement la tête et paraissant stupéfaite*. — Comment !... c'est vous, monsieur de Bruges ?...

HUGUES. — Moi-même, mademoiselle !... (*Il rit niaisement.*) On dirait que ça vous épate de me voir ?...

ARIANE. — En effet... je croyais que vous étiez sauvage... que vous n'alliez jamais nulle part...

HUGUES. — ... fectivement... Mais j'ai, pour être ici, une raison majeure... (*Un silence. Ariane ne bronche pas.*) sans compter le cirque...

ARIANE. — Le cirque ?...

HUGUES. — Oui... le cirque... où j'ai deux numéros...

ARIANE. — Deux numéros ?... Vous ?...

ÇA VOUS ÉPATE DE ME VOIR?

HUGUES. — Ça aussi, ça a l'air de vous épater?...

ARIANE. — Mon Dieu...

HUGUES. — Oui... je suis très fort, sans que ça paraisse...

ARIANE, *elle le regarde.* — Mais... ça paraît...

HUGUES, *il se rengorge.* — Vous trou-

JE VIENS D'ACHETER TOUTES LES CIGARETTES

vez?... Eh bien, je vais faire des poids... et conduire un char... Vous viendrez me voir?...

ARIANE. — Je ne peux pas quitter la boutique... il faut que je fasse des cigarettes toute la journée... (*Regardant autour d'elle.*) Ah! on commence à arriver!...

LE PRINCE TUMULUS, *trente ans, trop élégant, trop joli garçon.* — On me dit, mademoiselle, que pour un louis on obtient une cigarette roulée par vos jolis doigts?... (*Il tend un billet de cinq cents francs.*) voulez-vous m'en donner vingt-cinq, je vous prie?...

ARIANE, *elle fait un mouvement pour prendre les cigarettes dans une boîte.* — Oui, monsieur...

HUGUES. — Pardon... mais je viens d'acheter toutes les cigarettes déjà faites par mademoiselle de Montespan... (*Ariane le regarde.*)

LE PRINCE TUMULUS. — Alors, je m'inscris pour les vingt-cinq suivantes...

HUGUES. — J'ai acheté également toutes celles que mademoiselle fera...

LE PRINCE TUMULUS. — Ah!... (*Il regarde narquoisement Ariane qui rougit.*) Je le regrette... (*Il pose le billet sur la petite table.*) Dans ce cas... mademoiselle de Montespan voudra bien accepter simplement cet argent pour ses pauvres?... (*Il salue et va parler à Brigitte de Cabour.*)

HUGUES, *amer, à Ariane.* — Je ne savais pas que Tumulus vous faisait la cour?...

ARIANE, *doucement.* — Je ne savais pas non plus!...

HUGUES. — Et ça vous fait plaisir, probablement?...

ARIANE, *d'un air franc.* — Non!... ça m'est égal!... (*Elle baisse les yeux.*) C'est toujours les indifférents... ceux desquels je me soucie le moins qui s'occupent de moi...

HUGUES, *en lui-même.* — Attrape!... c'est pour moi qu'elle dit ça!...

ARIANE, *continuant.* — Tandis que ceux pour lesquels je me sentirais bien disposée, ne songent guère à moi...

HUGUES, *protestant.* — Oh ! mademoiselle !... qui pourrait ne pas penser à vous ?... (*En lui-même.*) Elle aime quelqu'un, sûr !... mais qui, où ?... où chercher ?... voilà le chiendent !... (*Haut.*) Dites-moi, mademoiselle... ces cigarettes que je viens d'acheter...

ARIANE. — Oui...

HUGUES. — Eh bien, au lieu de les faire, vous viendrez me voir travailler au cirque ?...

ARIANE. — Mais... (*Elle rit.*) vous tenez donc bien à ce que j'aille vous voir faire des tours ?...

HUGUES, *décontenancé.* — « Faire des tours » n'est peut-être pas l'expression propre...

ARIANE. — Ah ! comment faut-il dire ?...

HUGUES, *en lui-même.* — Elle se moque de moi !... (*Haut.*) Mademoiselle, il faut, bien entendu, dire comme bon vous semblera... mais venir voir la représentation... Je vous en prie... faites ça pour moi ?...

ARIANE. — Comme vous voudrez...

HUGUES, *il remonte vers la boutique et s'adresse à madame d'Ancoche.* — Ma tante ?...

MADAME D'ANCOCHE, *agacée.* — Qu'est-ce encore ?...

HUGUES. — Je viens d'acheter toutes les cigarettes que pourrait faire mademoiselle de Montespan...

MADAME D'ANCOCHE. — Oui... je sais... Monsieur Tumulus me l'a dit...

HUGUES. — Mais je désire qu'au lieu de les faire, elle vienne au cirque...

MADAME D'ANCOCHE. — Ah ! mais non !... ça déparerait notre boutique...

HUGUES. — Alors, je n'achète pas... et c'est trois cents louis que vous faites perdre au *Repentir Momentané*... ou, du moins, une partie de cette somme... car enfin, la vente est aléatoire ?...

MADAME D'ANCOCHE. — Aléatoire quand c'est Ariane qui...

HUGUES. — Bah !... on ne sait jamais ! les gens sont si rats !...

MADAME D'ANCOCHE, *perplexe.* — Ça, c'est vrai !... Dis-moi, pourquoi donc tiens-tu tant à faire aller Ariane au cirque ?... ça ne l'amusera pas du tout !...

HUGUES, *embarrassé.* — Que si !... ça va être très joli !...

MADAME D'ANCOCHE. — Mais non !... il n'y a rien à ce cirque... pas un seul amateur connu...

HUGUES. — Il y a Eméryllon... et aussi Georges Kissmy... Et puis... parmi ceux qui ne sont pas connus, il y en a beaucoup de très forts...

MADAME D'ANCOCHE. — Tu crois ça, parce que tu ne les connais pas... tu vis en dehors de tout... tu répètes ce qu'on t'a dit...

HUGUES. — Je répète ce que j'ai vu...

MADAME D'ANCOCHE. — Tu es venu aux répétitions ?...

HUGUES. — Oui...

MADAME D'ANCOCHE. — Et tu as trouvé parmi ces jeunes serins des gens forts ?...

HUGUES. — Très forts...

MADAME D'ANCOCHE, *incrédule.* — Qui donc ?... cite-m'en un ?...

HUGUES, *résolument.* — Mais !... moi, par exemple !...

MADAME D'ANCOCHE. — Tu dis ?...

HUGUES, *très rouge.* — Je dis : moi, par exemple !...

MADAME D'ANCOCHE, *saisie.* — Tu vas monter là dedans, toi ?...

ÇA NE L'AMUSERA PAS DU TOUT !. .

HUGUES. — Pas monter... je fais des poids...

MADAME D'ANCOCHE. — Des poids?... comme ces malheureux que je vois quand je passe sur le quai, près de l'avenue de La Tour-Maubourg... (*Écœurée.*) C'est ignoble à voir !...

HUGUES, — Pas déjà tant... quand c'est fait proprement... et sans effort apparent...

MADAME D'ANCOCHE. — Sans effort?... mais c'est impossible !... Je vois ces gens... ces misérables qui ont plus que toi l'habitude de cet horrible métier, n'est-ce pas?... Eh bien, ils ont des veines qui se gonflent... des gros tortillons bleus sur les poignets, autour des coudes, au haut des bras... ça fait peine à voir !... (*Elle réfléchit.*) je sais bien qu'à toi, on ne verra pas tout ça?...

HUGUES. — Pourquoi ne verra-t-on pas tout ça?...

MADAME D'ANCOCHE. — Mais parce que ce sera caché par tes manches...

HUGUES. — Mes manches... quelles manches?... je n'aurai pas de manches...

MADAME D'ANCOCHE. — Tu vas les relever?...

HUGUES. — Non... mon maillot n'en a pas...

MADAME D'ANCOCHE, *elle saute en l'air.* — Ton maillot?... tu vas mettre un maillot... et des bottines avec des franges en or... et un cercle en or autour de ta tête !...

HUGUES. — Non... pas de bottines à franges et pas de cercle en or...

MADAME D'ANCOCHE. — C'est dommage !... c'eût été complet !... (*Un silence.*) Est-ce que ton père sait que ce... cette exhibition va avoir lieu?...

HUGUES. — Non... je ne lui en ai pas parlé...

MADAME D'ANCOCHE. — Tu as bien fait... il serait médiocrement flatté... (*Un temps.*) Tu ne fais que ça?...

HUGUES. — Que quoi?...

MADAME D'ANCOCHE. — Que les poids?...

HUGUES. — Si... je mène aussi un char... dans une course...

MADAME D'ANCOCHE. — Toujours en maillot?...

HUGUES. — Oui... mais avec un péplum...

MADAME D'ANCOCHE, *moqueusement.* — Ah !... ça sera charmant !... ça doit t'aller comme un gant !...

HUGUES, *sans comprendre la blague.* — Oui... ça me va bien... je suis musclé... (*Il fait légèrement remonter sa manchette et montre son poignet.*) Vous voyez?...

MADAME D'ANCOCHE. — Je vois que tu as des attaches énormes... (*Elle s'aperçoit qu'Ariane regarde.*) Cache donc ça... voyons !...

HUGUES, *il fait tournoyer son poignet avec complaisance.* — Pourquoi?... c'est pas laid !... (*Il rencontre le regard d'Ariane qui baisse précipitamment les yeux sur ses cigarettes.*)

PIERRE DE TREMBLE, *qui vient de s'arrêter devant la petite table où Ariane roule ses cigarettes.* — Qu'est-ce qu'il va faire, cet excellent Hugues?... il relève ses manchettes... il gesticule... (*Il rit.*) il a l'air d'un garçon boucher qui s'apprête à tuer...

ARIANE. — Je ne trouve pas !... (*Pointue.*) Il faut avoir une bien haute idée de soi-même pour critiquer ainsi les autres...

PIERRE DE TREMBLE, *qui rit toujours.* — C'est pas les autres, Hugues !... C'est un monsieur qui sera duc et qui aura un million huit cent mille francs de rente...

CES MISÉRABLES QUI ONT PLUS QUE TOI L'HABITUDE

On peut vraiment se permettre de critiquer quelqu'un qui est dans cette situation... plutôt brillante...

ARIANE. — Je ne vois pas que la supériorité de monsieur de Bruges soit une excuse à...

PIERRE DE TREMBLE, *gaiement*. — Ça prouve que nous voyons les choses différemment, voilà tout !...

ARIANE. — Monsieur de Bruges est votre cousin... vous devriez le défendre...

PIERRE DE TREMBLE. — C'est ce que je ferais très probablement si on l'attaquait devant moi... D'ailleurs, vous le défendez si vaillamment que ça suffit, il me semble...

ARIANE. — Je le défends, moi?...

PIERRE DE TREMBLE. — Vous!... et je vous dirai même que cette ardeur que vous apportez à le défendre le condamne totalement... (*Mouvement d'Ariane.*) au point de vue masculin, s'entend !... Oui... si Hugues était un garçon éduqué et tourné comme le commun des mortels, vous n'oseriez pas vous faire aussi ouvertement son champion... ce serait très compromettant...

ARIANE, *l'interrompant*. — Mais...

PIERRE DE TREMBLE. — Et comme vous êtes la plus correcte personne qui soit... (*Un silence.*) Ah !... à ce propos, Brigitte m'a fait votre commission...

ARIANE. — Quelle commission?...

PIERRE DE TREMBLE. — Elle m'a prévenu que je ne dois plus à l'avenir vous appeler « Ariane »... J'ai été sur

pris... chagrin aussi... Certes, je comptais, quand vous vous marieriez, attendre pour continuer à vous appeler ainsi que votre mari me dise de le faire... mais je n'ai pas compris pourquoi, du jour au lendemain, sans que rien soit venu modifier la situation, vous m'avez

fait donner cet avertissement... très imprévu...

ARIANE. — Mon Dieu... il est plus convenable... plus...

PIERRE DE TREMBLE, *l'interrompant*. — Je ne demande aucune explication... Il est entendu que tout ce que vous faites est bien fait... et j'aurais mauvaise grâce à réclamer contre un avis unanime... (*Un silence.*) Vous faites des cigarettes?...

ARIANE, *souriant*. — Dame !... vous voyez...

PIERRE DE TREMBLE. — Oui... c'est vrai, c'est idiot, ce que je demande là !...

Je ne sais pas trop ce que je dis... Et si vous faites des cigarettes, c'est pour les vendre, naturellement...

ARIANE, *souriant toujours.* — Naturellement...

sin?... (*Comprenant.*) à Hugues!... Combien les vendez-vous donc, vos cigarettes?...

ARIANE. — Un louis?...

PIERRE DE TREMBLE. — Bigre!... Et

PIERRE DE TREMBLE. — Alors, voulez-vous m'en vendre, je vous prie?...

ARIANE. — Impossible !...

PIERRE DE TREMBLE, *surpris.* — Pourquoi?...

ARIANE, *un peu embarrassée.* — Parce qu'elles sont toutes vendues d'avance... (*Voulant éviter la question qu'elle prévoit.*) à votre cousin, précisément...

PIERRE DE TREMBLE. — A quel cou-

combien lui en avez-vous vendu, à cet excellent Hugues?...

ARIANE. — Trois cents...

PIERRE DE TREMBLE, *suffoqué.* — Trois cents !... Hugues a dépensé trois cents louis !... Ah çà !... vous l'avez donc donc rendu complètement fou?...

ARIANE, *assez mal à l'aise.* — Moi?... il se soucie bien de moi !... Il voulait dépenser une somme quelconque à la vente de votre tante d'Ancoche, et il a préféré acheter quelque chose d'utile...

PIERRE DE TREMBLE. — Une somme quelconque... trois cents louis !... Non là, sérieusement... vous ne pouvez pas croire que Hugues a dépensé trois cents louis — Dieu sait avec quel déchirement !... — pour les beaux yeux de ma tante d'Ancoche ou même du *Repentir Momentané?*...

ARIANE. — Mais si... je le crois...

PIERRE DE TREMBLE, *narquois.* — Comme vous êtes devenue naïve !... (*Il s'éloigne et va parler à sa sœur.*)

HUGUES, *revenant.* — Mademoiselle... ça va bientôt commencer...

ARIANE, *préoccupée.* — Quoi donc?...

HUGUES. — Eh bien, mais... le cirque...

ARIANE. — Ah !... le cirque !... je n'y pensais plus, moi !...

HUGUES. — Venez-vous?...

ARIANE, *rassurée, voyant que Pierre de Tremble est enfin parti.* — Je veux bien... mais il faut que je le dise à maman...

MADAME D'ANCOCHE, *s'approchant.* — Qu'est-ce que vous allez dire à maman?...

ARIANE. — Que je vais au cirque... Elle ne va peut-être pas vouloir...

MADAME D'ANCOCHE. — Et pourquoi donc ne voudrait-elle pas?... Je vais le lui demander...

ARIANE. — Je vous remercie, madame, de toute votre bonté pour moi...

MADAME D'ANCOCHE, *à madame de Montespan.* — Chère madame, votre fille demande si vous voulez lui permettre d'aller au cirque?... (*Brigitte de Cabour, Henry et Jean de Montespan, qu'on occupe à faire les paquets, se regardent stupéfaits.*)

JEAN, *suffoqué, à son frère.* — Ariane

qui demande une permission à m'man!... en v'là une chose neuve par exemple !... Jamais j'ai vu ça !...

HENRY. — Ni moi !...

MADAME DE MONTESPAN, *ahurie aussi, à madame d'Ancoche.* — Je veux bien... certainement... (*Voulant paraître avoir voix au chapitre.*) mais... elle n'y va pas seule, n'est-ce pas?...

MADAME D'ANCOCHE. — Non... mon neveu l'accompagnera...

MADAME DE MONTESPAN. — Quel neveu?...

MADAME D'ANCOCHE. — Mon neveu Bruges...

MADAME DE MONTESPAN. — Mais sera-t-il convenable que... il me semble qu'il serait singulier qu'Ariane allât au cirque seule avec un jeune homme...

MADAME D'ANCOCHE, *riant.* — Un jeune homme !... mon neveu?... (*Un silence.*) C'est pourtant vrai!... moi, je ne peux pas le prendre au sérieux, ce garçon-là !... c'est plus fort que moi !...

MADAME DE MONTESPAN. — Mais cependant...

MADAME D'ANCOCHE. — Oh !... je reconnais que vous avez raison... Voyons?... il faut trouver une combinaison pour qu'Ariane puisse aller à cette représentation sans que cela choque personne...

MADAME DE MONTESPAN. — Mais est-il donc si nécessaire qu'elle y aille?... Elle ne peut pas souffrir les cirques...

MADAME D'ANCOCHE. — Ça ne fait rien !... Il faut qu'elle y aille... parce que toutes les cigarettes qu'elle doit faire dans l'après-midi ont été achetées par... par quelqu'un...

MADAME DE MONTESPAN. — Eh bien,

mais... si elle va se promener au lieu de les faire, il me semble...

MADAME D'ANCOCHE. — Non... vous ne pouvez pas comprendre... ce serait

(*Il regarde Ariane avec une respectueuse admiration.*) Fichtre !... c'est pas donné !...

MADAME D'ANCOCHE. — Qui est-ce qui pourrait bien accompagner Ariane ?...

VOUS NE POUVEZ PAS COMPRENDRE

trop long à vous expliquer... Enfin, si Ariane ne va pas au cirque, le *Repentir Momentané* perd trois cents louis...

M. DE CABOUR, *assis à la caisse, sautant en l'air.* — Combien de cigarettes vend-elle donc, mademoiselle Ariane ?...

MADAME D'ANCOCHE. — Mais... trois cents, je crois...

M. DE CABOUR. — Un louis, la pièce !...

(*Apercevant Henry et Jean.*) Eh !... ses frères !... nous n'y pensions pas !...

MADAME DE MONTESPAN, *sans enthousiasme.* — Ses frères... oui... parfaitement... seulement, chaque place coûte cinquante francs... et...

MADAME D'ANCOCHE. — Mais c'est le *Repentir Momentané* qui paie !... il est juste qu'il dépense sept louis pour en gagner trois cents... (*Aux enfants.*) Voulez-vous aller au cirque?...

JEAN, *ravi.* — Au cirque?... que oui, que j'veux y aller !...

HENRY, *ravi aussi.* —Ça sera plus amusant que d'être ici à faire des paquets...

JEAN, *à son frère.* — C'est ça qui va être drôle, d'voir l'gros monsieur faire des tours !...

HENRY. — Quel gros monsieur?...

JEAN. — Crie donc pas !... le v'là là tout contre... qui parle à Ariane...

HENRY, *stupéfait.* — Comment sais-tu ça?...

JEAN. — J'ai vu l'affiche... le marquis H. de B... ça fait Hugues de Bruges que j' pense?...

MADAME D'ANCOCHE, *qui a vaguement entendu.* — Son nom est sur l'affiche?...

JEAN. — Non... y a que des lettres...

MADAME D'ANCOCHE. — Ah ! tant mieux !... si mon pauvre frère voyait ça, ça lui ferait un coup !...

HUGUES, *à Ariane.* — Moi... il faut que j'aille m'habiller... venez-vous?...

ARIANE, *à madame d'Ancoche.* — Est-ce que vous avez obtenu la permission de maman, madame?...

MADAME D'ANCOCHE. — Oui... mais vos frères vont vous accompagner... (*Ariane fronce imperceptiblement les sourcils.*)

HUGUES, *inquiet.* — Et moi?...

MADAME D'ANCOCHE. — Toi?... Eh bien, toi aussi... si bon te semble... (*A Ariane qui met ses gants.*) Ca vous ennuie, mon enfant, d'aller au cirque?...

ARIANE. — Mais non, madame... Pourquoi?...

ÇA VOUS ENNUIE

MADAME D'ANCOCHE. — C'est que vous avez un petit air triste... résigné... l'air, d'ailleurs, que vous avez depuis quelques jours... (*Ariane rougit.*) Ne rougissez pas... au revoir...

ARIANE, *à madame de Montespan.* A tout à l'heure, maman !...

MADAME DE MONTESPAN. — A tout à l'heure... Va ! amuse-toi bien !... (*Ariane s'éloigne avec un sourire navré.*)

MADAME D'ANCOCHE, *à madame de Montespan, montrant Ariane.* — Comment?... vous ne vous apercevez pas que votre fille a l'air triste?...

MADAME DE MONTESPAN, *réfléchissant.* — Je m'en aperçois... depuis que vous me l'avez dit... (*Un silence.*) mais qu'est-ce qu'elle peut bien avoir?...

MADAME D'ANCOCHE. — Je n'en sais rien... je me le demande !...

MADAME DE MONTESPAN, *perplexe.* — Moi aussi?...

XI

IL N'Y A PLUS D'ENFANTS

Chez les Montespan.

Dans un petit salon. Il est sept heures du soir.

JEAN, *à son frère*. — Comprends-tu c'qu'elle a eu, toi, Ariane?...

HENRY. — Moi?... non!... et toi?...

JEAN. — J'comprends sans comprendre... Elle est pas si simple qu'on croit, va, not' sœur!...

HENRY, *effaré*. — C'est égal!... quand j'l'ai vue tomber comme ça toute raide, j'ai eu une de ces frousses!... Et toi?...

JEAN, *calme*. — Moi?... pas très!...

HENRY, *étonné*. — Oh!... moi, j'me suis dit : « Elle est pour sûr morte!... » Et toi?... qu'est-ce que tu t'es dit?...

JEAN. — Moi?... j'me suis demandé pour quoi faire elle se trouvait mal comme ça...

HENRY. — Comment... pourquoi faire?...

JEAN. — Oui!... y avait pour sûr une raison qu'nous n'savons pas...

HENRY, *interloqué.* — Mais... la peur... en voyant...

JEAN, *interrompant.* — L'gros monsieur traîné sous son char?... C'est pour ça qu'Ariane se serait évanouie?...

Ariane, qu'a peur de rien?... Allons donc !... tu veux rire?...

HENRY. — C'était tout d'même un accident effrayant...

JEAN. — J'veux bien !... l'gros monsieur n'devait pas être à la noce... mais quand même qu'il aurait été un peu faussé, qu'est-ce que ça pouvait fiche à Ariane?...

HENRY. — J'sais pas !...

JEAN. — Ben, moi non plus !...

HENRY. — Papa n'revient pas... C'est

qu'elle a pas encore repris connaissance... Il a promis qu'il viendrait nous dire tout de suite comment elle irait...

JEAN. — Ça aussi, c'est drôle...

HENRY, *étonné.* — Quoi qu'est drôle?...

JEAN. — Ben, qu'elle ait pas encore repris connaissance...

HENRY, *inquiet.* — C'est p't'être dangereux?...

JEAN. — Mais non... au contraire...

HENRY, *perplexe.* — Ah !... (*Un silence.*) Tu as toujours l'air drôle quand tu parles d'Ariane?...

JEAN. — . . . . .

HENRY. — On dirait qu'tu ne l'aimes pas?...

JEAN. — J'l'aime bien... mais j'aime mieux nos autres sœurs...

HENRY. — Moi pas !... (*Avec admiration.*) L'est si belle, Ariane !...

JEAN. — Sûr qu'c'est la plus décorative... mais ça, ça m'est un peu égal !...

HENRY. — Qu'est-ce que tu lui r'proches?...

JEAN. — J'lui reproche d'avoir des d'ssous pas assez simples...

HENRY. — Oh !... des p'tits jupons presque pas garnis...

JEAN. — C'est pas ces d'ssous-là que j'veux dire... C'est l'moral... Et puis taistoi... v'là p'pa !... (*A M. de Montespan qui entre.*) Eh bien, p'pa?...

M. DE MONTESPAN, *inquiet, se retournant vers la porte.* — Eh bien, ce n'est pas fini.... mais ta mère m'a mis à la porte... sous prétexte que je ne servais à rien... ce qui est vrai, d'ailleurs !...

JEAN. — Pauv' papa !... (*Un silence.*) Qu'est-ce qu'y dit, l'docteur?...

M. DE MONTESPAN. — Pas grand'-chose... Cet évanouissement prolongé le surprend infiniment...

JEAN. — Et moi donc !...

M. DE MONTESPAN. — Enfin, comment est-ce arrivé au juste?... Vous étiez là, vous !... vous avez pourtant dû voir?...

JEAN. — Sûr que nous avons vu... Ariane regardait la course des chars... tout à coup v'là que l'gros monsieur tombe et qu'il est un p'tit peu traîné... alors Ariane fait « Ah !... » et puis elle se renverse sur sa chaise... Moi, j'regarde... plus personne !...

M. DE MONTESPAN. — La vue du sang...

JEAN, *protestant.* — Comment ! la vue du sang?... mais y n'a même pas saigné... Et d'abord, il aurait saigné qu'on pouvait pas l'voir... Tout l'monde courait pour arrêter les chevaux... on voyait plus rien de rien...

M. DE MONTESPAN. — Cependant...

JEAN. — Et puis, d'ailleurs... il aurait saigné et elle l'aurait vu, qu'c'est pas ça qui lui ferait quelque chose... Une fois qu'nous étions tous les deux rue Auber, elle a vu un charretier qu'sa roue lui a passé d'ssus... qu'la tête était comme qui dirait détachée... qu'elle tenait plus qu'par des franges rouges...

M. DE MONTESPAN, *il fait la grimace.* — Tais-toi !... tu fais des descriptions horribles !...

JEAN, *convaincu.* — C'était encore bien plus horrible à voir pour de bon !... Ben, Ariane regardait ça avec une tranquillité comme si ça avait été en cire... Alors je m'demande pourquoi aujourd'hui, qu'y avait rien du tout d'dégoûtant,

elle a tourné l'œil... (*La porte s'ouvre, le docteur paraît.*)

M. DE MONTESPAN, *courant à lui.* — Eh bien, docteur?...

LE DOCTEUR, *cinquante ans. L'air d'un qui la connaît dans les coins.* — Eh bien, la syncope persiste... (*Mouvement de M. de Montespan.*) Oh !... rassurez-vous !... l'état n'est nullement inquiétant...

M. DE MONTESPAN, *anxieux.* — Mais cependant... cette syncope persistante...

LE DOCTEUR. — Bah !... elle est si bonne personne !...

M. DE MONTESPAN. — Ma fille?...

LE DOCTEUR. — Non... je n'ai pas l'honneur de connaître mademoiselle votre fille... Je parle de la syncope...

M. DE MONTESPAN. — Cependant un évanouissement qui dure de cinq heures à... (*Il regarde sa montre.*) à sept heures et demie précises...

LE DOCTEUR. — C'est un évanouissement d'un genre si... (*Il cherche un mot et ne le trouve pas.*) Enfin, le teint est rose, le pouls régulier, la peau tiède, la circulation excellente...

M. DE MONTESPAN, *surpris.* — Mais alors... ce n'est pas une syncope ordinaire?...

LE DOCTEUR, *qui a envie de rire.* — Non !... pas ordinaire du tout !...

M. DE MONTESPAN. — Et vous m'affirmez qu'il n'y a aucun danger?...

LE DOCTEUR. — Oh ! quant à ça, pas le moindre !...

M. DE MONTESPAN. — Et combien de temps cela peut-il durer?...

LE DOCTEUR. — Je l'ignore absolument... (*Mouvement d'étonnement de M. de Montespan.*) Je vous répète que nous ne sommes pas ici en présence d'un cas ordinaire...

M. DE MONTESPAN. — Mais alors... il me semble que c'est plus inquiétant?...

LE DOCTEUR. — Nullement, monsieur, nullement... (*Il salue.*)

M. DE MONTESPAN. — Vous vous en allez?...

mais c'qu'y sont gobeurs... Non!... c'est rien de l'dire!...

HENRY. — Tais-toi donc!...

JEAN. — Et c'qu'ils ont l'trac d'Ariane!... car c'est rien qu'd'elle qu'ils ont l'trac!... comme tout l'monde, d'ail-

CETTE SYNCOPE PERSISTANTE...

LE DOCTEUR. — Mais oui...

M. DE MONTESPAN. — Avant que ma fille ait repris connaissance?...

LE DOCTEUR. — Je ne serais d'aucune utilité pour l'instant à mademoiselle de Montespan... et j'ai d'autres malades qui ont vraiment besoin de mes soins...

JEAN, *bas à Henry.* — Y coupe pas dans l'pont, l'docteur!...

HENRY, *craintif.* — Prends donc garde!... si papa t'entendait...

JEAN. — Ben, ça l'renseignerait!... Ça lui ferait du bien... c'est vrai... y sont bons comme tout, p'pa et m'man!...

leurs!... Moi-même qui fais l'fier comme ça quand elle est évanouie... ou soi-disant... dans un' aut'pièce... j'serais rudement aplati si elle était là!...

M. DE MONTESPAN, *reconduisant le docteur jusqu'à la porte du salon.* — Alors, vous rentrez chez vous, docteur?... (*Le docteur fait signe que oui.*) je vous enverrai chercher au premier symptôme alarmant...

LE DOCTEUR, *rassurant.* — Il n'y en aura pas, monsieur... Soyez pleinement rassuré, je vous en prie... (*Saluts, etc... etc...*)

JEAN, *à Henry.* — Y va être huit heures un quart...

HENRY. — Oui... Eh bien?...

JEAN. — Ben, on dîne pas !... et on n'en parle même pas... J'ai faim, moi !... (*Un temps.*) C'est pas un' raison parc' qu'Ariane a pas faim... ou fait comme si elle avait pas faim... pour qu'on nous laisse sans manger, nous autres !...

HENRY. — Bah !... nous pouvons bien attendre... nous sommes assez solides pour ça...

JEAN. — Et Pauline?... et Yvonne?... et Gilberte?... et p'pa et m'man, même?... Doit-on risquer d'les rendre tous malades parc' qu'Ariane a l'air d'l'être?... Moi j'trouve ça inepte !...

HENRY, *montrant M. de Montespan qui revient vers eux après avoir reconduit le docteur.* — Pas si haut, donc !...

JEAN. — V'là qu't'as peur aussi de p'pa, maintenant !... c'est plus seulement d'Ariane...

HENRY. — . . . .

JEAN. — Moi qui m'réjouissais d' dîner tranquille... puisqu'elle serait pas là...

HENRY, *à demi-voix.* — Eh bien?...

JEAN. — Ben... si on dîne pas du tout !...

M. DE MONTESPAN, *qui va et vient avec agitation dans le salon.* — Qu'est-ce que tu dis?...

JEAN. — Rien, p'pa...

M. DE MONTESPAN. — Comment, rien?...

JEAN. — Rien d'intéressant... j'disais qu'j'avais faim...

M. DE MONTESPAN. — Au lieu de penser à manger, tu ferais mieux de t'occuper de ta sœur...

JEAN, *négligemment.* — Bah !... les autr' s'en occupent assez, d'ma sœur !...

on est assez pour ça sans moi !... (*Henry le regarde d'un air terrifié.*)

M. DE MONTESPAN, *ahuri.* — Mais, en vérité, Jean...

JEAN. — Ah !... j'dis c'que je pense !... J'ose, moi !... quand Ariane n'est pas là !... parc' que faut pas que je fasse l'malin... quand elle est là, j'ai la frousse aussi !... (*Mouvement de M. de Montespan.*) Oh ! pas tant qu'vous, p'pa !... ni qu'maman... ni qu'miss, ni que m'sieu l'abbé, ni qu'les petites sœurs, ni qu'Henry... mais enfin, j'l'ai tout de même, la frousse !...

M. DE MONTESPAN, *ahuri.* — Comment peux-tu... mais ta sœur est...

JEAN, *interrompant.* — Un ange !... oui, j'sais bien... c'est convenu !... N'empêche qu'c'est un ange qui vous fait marcher tous à son idée comme un seul homme... et qu'toute la maison est à ses ordres et à ses pieds... Moi aussi, j's'rais un ange, dans ces conditions-là !... (*Henry lance à son frère des regards suppliants.*)

M. DE MONTESPAN. — . . . .

JEAN. — Vous voyez bien qu' c'est vrai, p'pa... Vous n'dites rien...

M. DE MONTESPAN, *troublé.* — Je dis... au contraire... que quand même tu aurais à te plaindre de ta sœur...

JEAN, *interrompant.* — J'ai pas à me plaindre... elle me fait rien d'plus qu'aux autres... et du moment qu' les autres s' plaignent pas... Non... j'constate c' qui est... v'là tout !... j'dégringole une légende...

M. DE MONTESPAN. — Eh bien, il est très mal de choisir... pour constater n'importe quoi de désagréable pour ta sœur... l'instant où précisément elle est malade... et malade sérieusement...

JEAN. — Sérieusement?... Ah ! oui-che!... Sérieusement?... Voulez-vous que j'vous la fasse rev'nir, moi, Ariane?... ça n'traînera pas, j'vous en réponds...

M. DE MONTESPAN. — Qu'est-ce que tu ferais pour la faire revenir à elle?...

JEAN. — Y a deux manières!... La première, c'est un bon seau d'eau... en visant surtout la tête... j'vous promets qu'quand elle sentira qu'ses ondulations... naturelles vont s'défaire, elle abandonnera tous les trucs pour les sécher...

M. DE MONTESPAN, *saisi*. — Tous les trucs?...

JEAN. — Oui... l'évanouissement et tout...

M. DE MONTESPAN. — On croirait à t'entendre que cet évanouissement n'est pas... (*Il cherche ses mots.*) n'est pas...

JEAN. — J'te crois, qu'y n'est pas !... (*Mouvement de M. de Montespan.*) pardon, p'pa... vous savez... on dit « J'te crois »... C'est une phrase comme ça... c'est pas tutoyer...

M. DE MONTESPAN, *pensif*. — Tu parlais d'un second moyen...

JEAN. — Ça, c'est plus compliqué que l'seau...

M. DE MONTESPAN. — Qu'est-ce que c'est?...

JEAN. — C'est d'aller chercher l'gros monsieur...

M. DE MONTESPAN, *surpris*. — Quel gros monsieur?...

JEAN. — Ben l'gros qu'est tombé au cirque...

M. DE MONTESPAN, *stupéfait*. — Monsieur de Bruges?...

JEAN. — M'sieu d'Bruges lui-même... (*Il rit en voyant la tête effarée de M. de Montespan.*) Oh !... j'sais bien qu'il est pas joli, joli, mais c't'égal... s'il était là, Ariane r'viendrait tout d'suite...

M. DE MONTESPAN. — Mais... tu as l'air d'insinuer que ta sœur trouve monsieur de Bruges charmant...

JEAN. — Oh ! ça non !... j'crois pas qu'elle le trouve... pas du tout... mais elle veut lui faire croire que c'est comme ça...

M. DE MONTESPAN. — Oh !...

JEAN. — Ça crève les yeux !... L'docteur vous l'a bien dit...

M. DE MONTESPAN, *totalement abruti*. — Le docteur m'a dit que ta sœur voulait faire croire à monsieur de Bruges que...

JEAN. — Mais non... pas ça... mais y vous a dit... ou plutôt y vous a fait comprendre... poliment... qu' tout ça, c'était un' farce...

M. DE MONTESPAN, *abasourdi*. — Une farce?...

JEAN. — Pas une minute qu'il a coupé dans l'évanouissement, l'docteur !... Et pas possible d'vous glisser plus adroitement qu'y n'a fait qu'y n'y coupait pas... (*On entend le timbre.*)

M. DE MONTESPAN. — Ah !... on a sonné !... C'est peut-être le docteur...

JEAN. — Non, il a dit qu'y r'viendrait pas perdre son temps là où on n'a pas besoin d'lui...

UN DOMESTIQUE, *entrant*. — C'est monsieur le marquis de Bruges qui vient savoir des nouvelles de mademoiselle... Il demande s'il peut voir monsieur le marquis ou madame la marquise...

M. DE MONTESPAN, *interloqué*. —Mais... mais certainement... faites entrer...

JEAN, *à M. de Montespan*. — Si elle sait qu'il est là ben vous allez voir qu'elle va s'abouler... (*On introduit Hugues de Bruges.*)

HENRY, *bas, à son frère.* — Si elle sait c'que tu as dit, nous serons rudement grondés... Pourquoi as-tu dit tout ça?...

JEAN. — Parc'que je l'pense, donc !... et toi qu'es pourtant bien plus gnolle qu'moi, tu l'penses aussi...

HENRY. — C'est égal !... Tu as eu tort de dire tout ça !...

HUGUES, *lourd, gauche et embarrassé.* — Je suis... je vous demande pardon... je viens bien tard... mais j'ai su... on m'a dit que mademoiselle de Montespan s'était trouvée souffrante... et... comme je suis cause de...

M. DE MONTESPAN, *embarrassé aussi.* — Mais oui... ma fille... qui est un peu nerveuse... a été... a perdu connaissance... impressionnée par cet accident... et aussi surtout, à ce que croit le docteur, par la chaleur...

HUGUES. — Et maintenant mademoiselle de Montespan est tout à fait guérie, j'espère?...

M. DE MONTESPAN. — Mais non... elle n'est pas encore revenue à elle depuis...

HUGUES, *inquiet.* — Depuis quatre heures et demie?... (*Jean sort furtivement.*)

M. DE MONTESPAN. — Non... cinq heures et demie, je crois...

HUGUES. — Non... pardon... quatre heures et demie... Ah !... je le sais bien... ma montre s'est arrêtée au moment de ma chute, ainsi...

M. DE MONTESPAN. — Ah ! votre montre...

HUGUES. — Oui... je l'avais gardée sous mon péplum... attachée à une boutonnière de mon gilet de flanelle... Vous savez dans les coulisses, avec ce va-et-

J'AI ROULÉ...

vient de gens inconnus... je n'avais pas voulu la laisser dans mon gilet...

M. DE MONTESPAN, *distrait.* — Je comprends ça !...

HUGUES. — Et quand j'ai roulé... car, ce que j'ai roulé, on n'a pas idée de ça...

M. DE MONTESPAN. — Mais, en effet... et c'est à vous qu'il faut demander de vos nouvelles?...

HUGUES. — Oh !... moi je n'ai rien eu !... On a cru que j'étais traîné, mais je ne l'ai pas été... J'ai seulement roulé en boule à côté du char... à cause de l'élan...

M. DE MONTESPAN, *distrait.* — Parfaitement... à cause de l'élan...

MADAME DE MONTESPAN, *entrant.* —

Mon fils me dit que vous êtes là, monsieur...

HUGUES. — Madame... (*Il salue gau-*

ELLE EST PALE

chement.) comment va mademoiselle Ariane?...

MADAME DE MONTESPAN. — Toujours de même... elle ne reprend pas connaissance... mais quand mon fils Jean est venu m'avertir que vous étiez là... j'ai osé la quitter un instant pour venir vous remercier de votre intérêt...

HUGUES. — Mais... madame... et

puis... c'est aussi ma tante et papa... qui voulaient savoir...

MADAME DE MONTESPAN. — Vous les remercierez pour nous...

HUGUES. — Mademoiselle Ariane est couchée, bien entendu?...

MADAME DE MONTESPAN. — Couchée, non... Nous l'avons, en rentrant, posée simplement sur son lit... pensant toujours que cet évanouissement allait finir... (*Jean rentre sans bruit.*)

MADAME DE MONTESPAN, *à Jean.* — Eh bien?... ta sœur est toujours dans le même état?...

JEAN. — J'pense que oui, m'man... (*Bas, à Henry.*) L'est en train de s'mettre de la poudre d'riz et d'son p'tit bâton d'lèvres...

HENRY. — Oh !...

JEAN. — Tu vas voir l'entrée !...

HUGUES, *se levant.* — Je vous remercie de m'avoir reçu... je... reviendrai demain... (*La porte s'ouvre, Ariane paraît. Elle est pâle, chancelante, et semble craindre de s'éloigner de la muraille à laquelle elle reste un instant adossée.*)

JEAN, *à son frère.* — Qu'est-ce que j' disais !...

HENRY, *bas, avec admiration.* — Tu la connais tout d'même bien !...

MONSIEUR ET MADAME DE MONTESPAN, *s'élançant vers Ariane.* — Ma chérie !... Comment es-tu?...

ARIANE, *souriant d'un sourire navré, sans paraître voir Hugues.* — Bien... très bien... (*Elle chancelle.*)

M. DE MONTESPAN, *la saisissant par la taille pour la soutenir.* — Ah! mon Dieu!... voilà que ça recommence ! (*Ariane ferme les yeux et se laisse aller sur lui de tout son poids.*) Ah !... elle m'échappe !...

SI VOUS VOULEZ LA METTRE LA

(*Il s'arc-boute.*) elle est... elle pèse... je... (*Il fléchit.*)

HUGUES, *se précipitant.* — Permettez!... (*Il enlève Ariane de terre et la tient étendue sur ses bras.*) où faut-il... où voulez-vous la mettre?... (*Il s'arrête tenant toujours Ariane étendue, absolument comme s'il ne portait rien.*)

MADAME DE MONTESPAN, *affolée.* — Par ici... dans sa chambre... (*Elle sort, Hugues la suit serrant violemment contre lui Ariane qui ne bronche pas.*)

JEAN, *à Henry.* — Tu vois?...

HENRY, *perplexe.* — Oui...

MADAME DE MONTESPAN, *entrant dans la chambre d'Ariane et indiquant le lit.* — Si vous voulez la mettre là?...

M. DE MONTESPAN, *hésitant.* — Faut-il retourner chez le médecin?...

MADAME DE MONTESPAN. — Naturellement... c'est une série de syncopes, à présent!... (*A Hugues qui tient toujours Ariane.*) Oh!... pardon!... si vous voulez bien... (*Elle indique de nouveau le lit.*)

HUGUES, *très rouge, l'œil allumé, déposant Ariane sur son lit avec d'infinies précautions.* — Cristi!... ce qu'elle est jolie!... (*Il s'agenouille à côté du lit.*)

JEAN, *à son frère, montrant Hugues agenouillé et monsieur et madame de Montespan affolés.* — Tableau!!!...

HENRY. — . . . .

VII

AVEU

A l'hôtel de Bruges. Dans le salon où madame d'Ancoche et Ariane font les comptes d
Repentir Momentané. Il est neuf heures et demie du matin.

MADAME D'ANCOCHE, *entrant dans le salon, très surprise d'y trouver son frère installé dans son fauteuil à roulettes.* — Tiens !... tu es déjà descendu?... (*Elle sourit.*) On voit bien que c'est aujourd'hui le premier... et que la jolie Ariane vient faire les comptes...

LE DUC DE BRUGES. — Je descendrais très volontiers pour la regarder... d'autant plus volontiers même que c'est la dernière fois que je la verrai... Mais...

MADAME D'ANCOCHE, *brusquement.* — Qu'est-ce que tu dis?...

LE DUC, *continuant.* — Mais je ne viens pas pour admirer mademoiselle de Montespan... Non, je viens pour te parler d'elle... (*Mouvement de madame d'Ancoche.*) de la part de son père qui sort d'ici...

MADAME D'ANCOCHE, *étonnée.* — A cette heure-ci?... Qu'est-ce qu'il est venu faire?...

LE DUC. — Il est venu pour nous annoncer que sa fille entre au couvent...

MADAME D'ANCOCHE, *sautant en l'air.* — Pas possible !...

LE DUC. — C'est ce que j'ai dit... Mais il paraît que c'est une chose sûre... les Montespan sont navrés, comme tu penses... mais rien ne peut la **faire renoncer** à son idée...

MADAME D'ANCOCHE, *ahurie.* — Mais

IL EST VENU

comment lui est-elle venue, son idée?...

LE DUC. — Ah ! voilà !... Montespan n'en sait rien, ni personne... Il paraît que depuis quelque temps elle était triste, préoccupée...

MADAME D'ANCOCHE. — Parbleu !... ça crevait les yeux !... Mais ils ne s'en apercevaient seulement pas !... c'est moi qui l'ai dit à madame de Montespan il y a huit jours... à la vente...

LE DUC. — Eh bien, depuis la vente surtout, elle est devenue encore plus triste, plus inquiète... A la suite de cet évanouissement, causé, à ce qu'on croit, par la chaleur...

MADAME D'ANCOCHE. — Causé surtout par la chute de cet animal de Hugues... il y a des gens qui ne peuvent pas voir un accident sans se trouver mal...

LE DUC. — Enfin, que ce soit pour un motif ou pour un autre, ce qui est sûr, c'est que, depuis lors, elle ne s'est pas complètement remise... elle a cessé de manger, de rire, et on commençait à s'inquiéter de sa santé, lorsqu'hier, elle a déclaré qu'elle entrerait au couvent dans huit jours...

MADAME D'ANCOCHE. — Sans dire pourquoi?...

LE DUC. — Sans dire pourquoi... Montespan m'a même laissé entendre qu'elle ne cherche pas à donner le change et à faire croire à une vocation qu'elle n'a pas...

MADAME D'ANCOCHE. — Ils n'auront pas su la questionner... la mettre en confiance... Entre nous soit dit, le père Montespan est un vieux songe-creux... et sa femme une cruche...

LE DUC. — Je ne contredirai pas à cette appréciation un peu sévère, mais infiment juste... Tu pourras, d'ailleurs, questionner la petite Montespan, puisqu'elle va venir ici tout à l'heure...

MADAME D'ANCOCHE. — Qu'est-ce que tu supposes, toi?...

LE DUC. — Moi?... Eh ! ma pauvre amie, je ne suppose rien !... Qu'est-ce que tu veux que je suppose?... Elle aime peut-être quelqu'un?...

MADAME D'ANCOCHE. — C'est ce que j'avais d'abord pensé... mais si elle aimait quelqu'un, elle l'épouserait, et tout serait dit...

LE DUC. — C'est peut-être un homme sans fortune...

MADAME D'ANCOCHE. — Oh ! non !... elle est trop raisonnable pour ça !...

LE DUC. — Euh, euh !... on ne sait jamais !... avec les femmes il faut s'attendre à tout !...

MADAME D'ANCOCHE. — Mais Ariane n'est pas une femme ordinaire...

LE DUC. — A cette vente, tu n'as rien remarqué?...

MADAME D'ANCOCHE. — Rien du tout...

LE DUC. — Parmi les jeunes gens qui s'occupent habituellement d'elle, aucun ne t'a paru plus ou moins assidu?...

MADAME D'ANCOCHE. — Aucun... Elle n'a, d'ailleurs, vu personne, je ne l'ai pas quittée... je crois qu'elle n'a parlé qu'à monsieur Tumulus, qu'elle trouve ridicule... à Pierre de Tremble, qu'elle a refusé d'épouser, et à Hugues...

LE DUC. — Qui ne compte pas !...

MADAME D'ANCOCHE, *répétant.* — Qui ne compte pas !... A quatre heures, elle a quitté la boutique pour aller à ce cirque, et je ne l'ai plus revue...

LE DUC. — Hugues l'accompagnait?...

MADAME D'ANCOCHE. — Pas précisément... c'étaient ses deux petits frères qui l'accompagnaient...mais c'est Hugues qui avait absolument voulu qu'elle allât à cette représentation... Il tenait à se montrer à elle dans tout son beau...

LE DUC. — Imbécile !... elle a dû le trouver encore plus grotesque !...

MADAME D'ANCOCHE. — Probablement... on m'a dit qu'il l'était...

LE DUC. — A moi aussi, on me l'a dit... et ça doit être vrai...

MADAME D'ANCOCHE. — Je vais faire tout ce qui sera en mon pouvoir pour empêcher, ou du moins pour retarder l'entrée d'Ariane au couvent...

LE DUC. — C'est inutile !... Montespan m'a dit que toutes les prières ont échoué... elle est résolue à partir...

MADAME D'ANCOCHE. — Mais c'est fou !...

LE DUC. — Absolument... mais elle a, paraît-il, une volonté de fer... Dans tous les cas, c'est malheureux de voir une belle fille comme ça disparaître et manquer sa vie...

HUGUES, *qui vient d'entrer et semble embarrassé.* — Bonjour, ma tante... bonjour, papa... (*A part.*) Comment diable se fait-il qu'ils soient déjà installés ici tous les deux?... (*Il regarde la pendule.*) C'est mademoiselle Ariane que je croyais trouver, moi !...

LE DUC, *étonné.* — Comment !... tu n'es pas au Bois?...

HUGUES, *toujours embarrassé.* — Mais non, papa... et vous?...

LE DUC, *stupéfait.* — Moi?... au Bois le matin?... Ah ça, tu perds la tête, je pense, mon garçon?...

HUGUES. — Mais non... Vous ne me comprenez pas... je veux dire : « Et vous... vous êtes déjà là?... ».

LE DUC. — Je suis là... sans y être... (*Mouvement de Hugues.*) c'est-à-dire que je vais m'en aller...

HUGUES, *ravi.* — Ah bon !... à la bonne heure !...

LE DUC. — Merci !... Pourquoi dis-tu « à la bonne heure ! » parce que je m'en vais?...

HUGUES. — Je ne dis pas « à la bonne heure » parce que vous vous en allez, papa... Mais seulement parce que ça remet de l'ordre dans vos habitudes... en général vous n'êtes pas ici aussi tôt... ma tante non plus...

MADAME D'ANCOCHE. — Je te gêne?...

HUGUES, *embarrassé.* — Oh !... ma tante !... comment pourriez-vous...Non...

mais... vous n'allez donc pas à la messe?...

MADAME D'ANCOCHE. — J'y suis allée...

HUGUES. — Ah !... (*Silence.*)

MADAME D'ANCOCHE. — Tu sais, je te vois venir, mon ami?...

HUGUES, *inquiet.* — . . . . . .

MADAME D'ANCOCHE. — Oui... parfaitement... tu arrivais ici en tapinois pour y attendre Ariane... et ça dérange tes petits projets de nous y trouver, ton père et moi...

HUGUES, *très rouge.* — Mais pas le moins du monde...

MADAME D'ANCOCHE. — Et la preuve, c'est que te voilà comme une tomate...

HUGUES. — Mais... (*Résolument.*) et puis, quand ça serait, après tout?...

MADAME D'ANCOCHE. — Eh bien, ça ne doit pas être... Je ne veux pas, moi, que tu continues à ennuyer, à persécuter cette petite, qui vient ici pour me rendre service...

HUGUES, *effaré.* — Persécuter?... Je persécute mademoiselle de Montespan, moi?...

MADAME D'ANCOCHE. — Oui, toi !... tu es toujours à te fourrer en travers là où elle doit passer... Tu es ici lorsqu'elle y vient... au Bois quand elle s'y promène... chez elle quand elle est malade...

HUGUES. — Mais... c'est vous-même... et papa... qui m'avez envoyé prendre de ses nouvelles l'autre jour...

MADAME D'ANCOCHE. — C'est-à-dire que nous allions envoyer un domestique et que tu as insisté pour y aller... Enfin, aujourd'hui, tu vas me faire l'amitié de la laisser tranquille, entends-tu?... Je ne veux pas qu'on la tourmente chez moi, la dernière fois qu'elle y vient...

HUGUES, *effaré.* — La dernière fois?...

MADAME D'ANCOCHE. — Oui, la dernière fois... Elle entre au couvent...

HUGUES, *très pâle, bafouillant.* — Au couvent !... c'est... c'est une farce?...

MADAME D'ANCOCHE, *haussant les épaules.* — Tu as vraiment des façons de parler !... Une farce !... demande à ton père si c'est une farce?...

LE DUC. — Oui... Montespan est venu me dire ça tout à l'heure...

HUGUES, *atterré.* — Au couvent !...

LE DUC. — Qu'elle soit au couvent ou ailleurs... je ne vois pas trop quel intérêt ça peut avoir pour toi?...

HUGUES. — . . . .

LE DUC. — Tu n'as pas cru, j'imagine, que cette jeune fille, qui est un ange, et, de plus, une femme supérieure, voudrait jamais de toi, n'est-ce pas?...

HUGUES. — . . . .

LE DUC. — Mademoiselle de Montespan a refusé des gens charmants que je connais, parce qu'elle ne les trouvait pas suffisamment bien... ils étaient dans de belles situations, mais elle n'a même pas voulu connaître le chiffre de leur fortune... Or toi, mon pauvre Hugues, ta fortune est ta plus grande, pour ne pas dire ta seule valeur...

HUGUES, *les larmes aux yeux.* — Vous êtes dur, papa !...

LE DUC, *apitoyé.* — Eh ! mon cher garçon, si tu étais vraiment mal, sans que ce fût par ta faute, je n'aurais certes pas la cruauté de te parler comme je le fais... mais c'est toi-même qui t'es volontairement fait tel que tu es... Tu as voulu passer ta vie avec des palefreniers et des filles d'auberge, et tu as, par tous les moyens, cherché à te rapprocher d'eux... Tu as gâché des qualités réelles... et tu es parvenu à faire, du jeune homme un peu rustique et brutal, mais bon enfant, que tu étais, un être grossier, abruti, et sans personnalité aucune...

HUGUES, *très troublé.* — Alors, selon vous, je ne pourrai pas me marier?...

LE DUC. — Avec une fortune comme la tienne, on peut toujours se marier... on peut même épouser une jolie femme... quant à être aimé d'elle, c'est autre chose !...

HUGUES. — Si je pouvais seulement épouser mademoiselle de Montespan, je n'en demanderais pas plus...

MADAME D'ANCOCHE. — Mais elle, elle demande davantage... Elle veut, avant tout, aimer son mari... Allons... elle va arriver dans cinq minutes... il ne faut pas qu'elle te trouve ici...

HUGUES. — Oh !... ma tante !... Puisqu'elle m'y a trouvé les autres fois !...

MADAME D'ANCOCHE. — Les autres fois, c'était différent... D'abord nous ne savions pas, ton père et moi, que tu avais la folie de penser sérieusement à elle... ensuite, tu ne lui avais pas encore fait peur ni causé d'ennuis réels...

HUGUES, *ahuri.* — Je lui ai fait peur?... je lui ai causé des ennuis réels?...

MADAME D'ANCOCHE. — Ne prends donc pas cet air stupéfait !... C'est ta bête de chute, l'autre jour... après que tu l'avais forcée d'aller à ce cirque, qui l'a rendue malade...

HUGUES. — Mais. . . . . .

MADAME D'ANCOCHE. — Et c'est depuis ce jour-là qu'elle est devenue plus particulièrement triste... et qu'elle a déclaré sa résolution d'entrer au couvent...

HUGUES, *terrifié.* — Enfin, ma tante... vous ne pouvez pourtant pas croire que

c'est parce que je suis tombé de mon char que mademoiselle de Montespan se fait religieuse?... (*Rageur.*) C'est incohérent, à la fin, ces histoires-là !... (*On entend le timbre de la grille.*)

MADAME D'ANCOCHE, *se précipitant à la fenêtre.* — C'est peut-être elle?... (*A Hugues.*) Va-t'en... je t'en prie, va-t'en !...

HUGUES. — Et déjeuner?... Je ne déjeunerai pas, alors?...

LE DUC. — Tu iras déjeuner où tu voudras... mais ta tante a raison... Pour la dernière fois que cette enfant vient chez nous, il ne faut pas qu'elle soit heurtée désagréablement...

HUGUES. — Mais, nom d'un chien !... vous ne savez pas si je la heurte désagréablement !... (*Madame d'Ancoche hausse les épaules.*) Oui... (*Au duc.*) C'est pas la peine de hausser les épaules...

LE DUC, *sévère.* — Je ne hausse pas les...

HUGUES. — Pas vous... parce que ça vous gêne à cause de votre paralysie... mais c'est ma tante... (*Un temps.*) Je m'en vais, puisque vous me dites de m'en aller... mais quand mademoiselle Ariane me regardait, elle n'avait pas l'air de me trouver si désagréable que ça !... et quand je lui donnais le bras, et qu'elle se collait sur moi, je... (*Voyant l'air stupéfait de sa tante et de son père, il sort brusquement en repoussant la porte avec fracas.*)

MADAME D'ANCOCHE, *suffoquée.* — Il est fou !...

LE DUC. — Ce pauvre garçon !... On ne peut vraiment pas trop lui en vouloir... il est très amoureux... et il a si peu de tact qu'il a pu s'imaginer...

MADAME D'ANCOCHE. — Tout de même, on ne s'imagine pas des choses aussi invraisemblables que ça !... (*On entend le timbre.*) Cette fois, c'est Ariane !... (*Elle regarde par la fenêtre.*) Oui... c'est elle... Pauvre petite !... elle a l'air profondément triste... Il est impossible que

LUI PRÉSENTE SON FRONT

cette enfant-là n'ait pas un chagrin violent...

LE DUC, *timidement.* — Est-ce que je peux rester?... Je ne te gêne pas?...

MADAME D'ANCOCHE. — En quoi pourrais-tu me gêner?... (*Elle rit.*) Mon pauvre ami !... tu es comme ton fils... et c'est moins excusable !... (*A Ariane qui entre.*) Eh bien?...

ARIANE, *toilette toute noire, plus belle que jamais. Elle fait une profonde révérence à madame d'Ancoche et lui présente son front.* — Est-ce que je me suis fait attendre?...

LE DUC. — On trouve toujours que vous vous faites attendre, mademoiselle...

MADAME D'ANCOCHE, *à part.* — Mon pauvre frère !... il est en train d'en devenir idiot aussi !... (*Haut, à Ariane.*) Nous en apprenons de belles !...

ARIANE, *air interdit.* — Quoi donc, madame?...

MADAME D'ANCOCHE. — Votre père est venu ici ce matin... et nous savons...

ARIANE, *rose comme une pêche.* — Oh ! papa vous a dit...

MADAME D'ANCOCHE. — Mais ce n'est pas sérieux, mon enfant !... Il est impossible que ce soit sérieux...

ARIANE, *très grave.* — C'est tout ce qu'il y a de plus sérieux, madame... (*Un silence.*) Je n'ai déjà que trop tardé...

MADAME D'ANCOCHE. — Depuis quand est venue cette vocation religieuse?...

ARIANE, *l'air contraint.* — Je n'ai pas la vocation religieuse, madame... (*Mouvement de madame d'Ancoche.*) Non !... c'est horrible à dire, mais je ne l'ai pas !...

MADAME D'ANCOCHE, *très émue.* — Mais alors... c'est votre malheur que vous allez faire?...

ARIANE. — Je le sais bien !... (*Avec fermeté.*) mais cela doit être ainsi...

MADAME D'ANCOCHE. — Pourquoi?...

ARIANE. — Parce que... parce que...

(*Avec découragement.*) Ah ! je ne peux pas vous dire ça !...

LE DUC, *craintivement.* — Je suis peut-être indiscret en étant là, mademoiselle?... Voulez-vous que je m'en aille?...

ARIANE. — Non... restez, je vous en prie, monsieur?... Je viens précisément pour vous dire adieu, ainsi qu'à madame d'Ancoche... et vous remercier tous deux de vos bontés et de votre bienveillance pour moi...

LE DUC, *très impressionné.* — Adieu !... quel affreux mot !...

ARIANE. — Oui... bien affreux quand il faut le dire à ceux qu'on aime...

MADAME D'ANCOCHE. — Et vous ne direz pas à vos vieux amis... qui vous aiment si tendrement... pourquoi vous voulez les quitter... quitter vos parents dont vous êtes la joie?...

ARIANE. — Non... je vous en supplie, ne me questionnez pas !... ne me demandez rien...

MADAME D'ANCOCHE. — Comment !... vous ne me direz même pas si vous avez eu un chagrin?...

ARIANE, *les yeux baissés.* — Eh bien oui... j'ai eu... j'ai un immense chagrin...

MADAME D'ANCOCHE, *à demi-voix.* — Vous aimez quelqu'un?...

ARIANE, *d'une voix sourde.* — Oui...

MADAME D'ANCOCHE. — Qui?...

ARIANE. — Je ne peux pas le dire... à vous moins qu'à personne...

MADAME D'ANCOCHE, *étonnée.* — A nous moins qu'à personne?...

ARIANE, *air éperdu.* — Non !... Je ne sais pas ce que je dis... je...

LE DUC. — Vous craignez que ma liaison avec votre père ne m'autorise à lui répéter ce que...

ARIANE, *semblant sauter sur le pré-*texte qu'on lui offre. — Oui... c'est bien ça... je crains que...

LE DUC. — Eh bien, je vous jure, mademoiselle, que Montespan ignorera absolument ce que vous direz à ma sœur...

MADAME D'ANCOCHE, *curieuse.* — Oui... ma petite Ariane... il l'ignorera... Qui aimez-vous?...

ARIANE. — Quelqu'un que... (*Avec désespoir.*) que je ne peux pas épouser...

MADAME D'ANCOCHE. — Quelqu'un d'indigne de vous?...

ARIANE, *air fier.* — Non, certes !...

MADAME D'ANCOCHE. — Marié, alors?...

ARIANE, *avec dégoût.* — S'il était marié, madame, je n'aurais pas le droit de l'aimer... et je ne l'aimerais pas !...

LE DUC, *en lui-même.* — Cette petite a parfois des allures romaines !...

MADAME D'ANCOCHE, *déconcertée par la réponse d'Ariane.* — Mais alors... je ne vois pas... Pourquoi ne pouvez-vous pas l'épouser?...

ARIANE, *d'une voix brisée.* — Parce qu'il ne m'aime pas, lui !...

LE DUC, *incrédule.* — C'est pas possible !...

ARIANE, *sourire navré.* — C'est pourtant ainsi !... (*Elle se lève.*) Il faut que je parte !...

MADAME D'ANCOCHE. — Vous ne déjeunez pas avec nous?...

ARIANE. — Non !... Vous êtes très bonne... mais je veux... je veux être seule... (*Elle regarde autour d'elle.*) Est-ce que...

MADAME D'ANCOCHE, *interrogativement.* — Est-ce que...

ARIANE. — Est-ce que monsieur de Bruges n'est pas ici?...

MADAME D'ANCOCHE. — Mais... il était là tout à l'heure...

ARIANE. — Je... (*Avec effort.*) j'aurais voulu lui dire adieu aussi...

LE DUC. — Que vous êtes gentille !... Il va être bien heureux de vous voir !...

ARIANE, *air découragé.* — . . . .

que chose à me dire?... (*Il aperçoit Ariane et devient cramoisi.*) Oh !...

LE DUC. — C'est mademoiselle de Montespan qui a bien voulu demander à te voir...

MADAME D'ANCOCHE, *au valet de pied qu'elle a sonné.* — Priez monsieur le marquis de venir tout de suite...

ARIANE. — Mon Dieu, je ne voudrais pas le déranger... et d'un autre côté je... (*Sa voix se brise.*) je ne veux pas partir sans le revoir...

LE DUC. — Il será infiniment touché, certainement... (*En lui-même.*) Elle est vraiment gentille et bien élevée...

HUGUES, *entrant.* — Vous avez quel-

ARIANE, *effort violent pour sourire.* — Oui... je n'aurais pas voulu partir sans vous dire adieu... (*Elle lui tend la main.*)

HUGUES, *prenant gauchement sa main.* — Mademoiselle... vraiment je... Et comme ça... vous voulez partir?...

ARIANE. — Oui... (*S'accrochant nerveusement à la main de Hugues et se laissant retomber sur un divan comme à bout de forces.*) Ah ! mon Dieu !... (*Cherchant à sourire.*) C'est absurde !... je ne

...ais pas ce que j'ai !... (*Elle ferme à demi les yeux et renverse la tête en arrière, sans lâcher la main de Hugues.*)

MADAME D'ANCOCHE, *effarée.* — Qu'est-ce qu'elle a...? Elle se trouve mal !...

HUGUES, *violet et éperdu s'agenouillant devant elle.* — Mademoiselle !... Ariane!... (*Il la prend dans ses bras pour la soulever. Le duc s'agite dans son fauteuil.*) Ariane !...

ARIANE, *elle ouvre les yeux et appuie sa tête sur l'épaule de Hugues.* — Vous !... (*Elle le regarde d'un air extasié.*) Vous !...

LE DUC, *abasourdi.* — Comment !... c'était mon fils que...

MADAME D'ANCOCHE, *au comble de l'étonnement.* — C'était lui que...

ARIANE. — Oui !... (*Elle se rejette brusquement en arrière, et sanglote la tête cachée dans les coussins.*)

MADAME D'ANCOCHE, *suffoquée,* à Hugues. — C'était toi !...

LE DUC, *narquois,* à Hugues. — Il paraît que c'était toi !...

HUGUES, *totalement abruti.* — C'était moi, quoi?... Qu'est-ce que j'ai fait?...

LE DUC. — Une chose bigrement étonnante de ta part, mon garçon... Tu t'es fait aimer de la plus jolie femme du monde...

HUGUES, *hérissé et suffoquant.* — Elle m'aime?...

LE DUC, *gouailleur.* — Il paraît !...

MADAME D'ANCOCHE, *qui cherche à se reconnaître.* — Mais enfin... puisqu'elle l'aimait... pourquoi ne le disait-elle pas?...

ARIANE, *elle balbutie et sanglote le visage toujours enfoui dans les coussins.* — Parce qu'il est trop riche !...

MADAME D'ANCOCHE, *émue.* — Pauvre petite !...

HUGUES, *s'agenouillant devant Ariane et cherchant à lui prendre les mains.* — Je vous adore !... (*A son père.*) Oh ! papa !... je suis si heureux !...

LE DUC. — Tant mieux, mon garçon !... tant mieux !... (*En lui-même.*) C'est égal !... ce que les femmes sont rosses !...

TABLE

NOUVELLE COLLECTION ILLUSTRÉE
CALMANN-LÉVY

Paris. — Imp. L. Pochy, 52, rue du Château — 33-15.